LE MEURTRE

DE LA

VIEILLE RUE DU TEMPLE.

L'horrible meurtre!!!
L'opinion publique d'alors.

Cela est nécessairement arrivé, parce que
le roi Jean a donné un apanage à un de ses
fils.
Un historien moderne.

Deuxième Édition.

AMIENS,

J. BOUDON-CARON, ÉDITEUR, 6, PLACE
DE LA MAIRIE.

PARIS,

AUDIN, 25, QUAI DES AUGUSTINS.

1832.

LE MEURTRE.

à Monsieur André Dumo[nt]
l'auteur :
E. Cassagnaux
1 mai 1846

Amiens, Imp. de J. Boudon-Caron.

LE MEURTRE

DE LA

VIEILLE RUE DU TEMPLE.

Deuxième Édition.

AMIENS,
J. BOUDON-CARON, 6, PLACE DE LA MAIRIE.

PARIS,
AUDIN, 25, QUAI DES AUGUSTINS.

Avril 1832.

LE MEURTRE

DE

LA VIEILLE RUE DU TEMPLE.

L'Écolier de l'Université.

> — Monsieur, vous avez une chambre à
> louer. — Monsieur est dans le commerce ?
> — Du tout, je suis étudiant en..... — Ma
> chambre est louée, Monsieur !
>
> (*Un épicier de la rue Saint-Jacques,*
> *garde national marié.*)

Le 17 novembre de l'année 1407,
il faisait déjà nuit ; deux hommes cheminaient dans la rue Champ Fleury, tous
deux étaient jeunes, c'était des écoliers

I

de l'Université ; l'un vêtu d'une longue
cape brune, d'étoffe grossière, semblait
évidemment une pauvre *capette de Montaigu;* l'autre pouvait encore, à la vérité, se tenir sur les jambes, mais ses
gestes, sa démarche annonçaient qu'il
était digne de faire nombre parmi ceux-
là dont on disait qu'ils étaient tellement
ivrognes, qu'ils iraient boire au baril
d'un lépreux. Les deux écoliers, après
avoir pataugé quelque temps dans la
boue, entrèrent à la fameuse taverne où
se réunissaient, pour boire et disputer,
les professeurs de la savante fille de Char-
lemagne.

—Holà hé, maître Paul, cria en jurant la capette de Montaigu, holà donc,
vieux coquin!

—Honneur à l'université! s'écria son
compagnon en frappant de son poing
sur une lourde table de chêne noirci.

La face rouge de maître Paul se montra enfin, comme un soleil d'avril, dans la chambre enfumée.

— Que demandez-vous, messires, dit-il, en fronçant le sourcil gris qui ombrageait son œil de même couleur?

— Du vin, vieux juif, répondit la capette.

— Oui du vin, entends-tu, ajouta l'autre ; mais un moment pourtant : François d'Asignac, le courtier, devait m'attendre ici, je crois ; où diable est-il?

— Dans l'autre chambre, messire Cordelant.......

Les écoliers passèrent dans l'autre pièce, et tandis que la capette buvait, Cordelant approchant du courtier, le prit à part et lui dit en le quittant peu après : ainsi donc, la maison de l'Image Notre-Dame m'appartient pour un an, moyennant ces écus d'or...... les

voilà..... et maintenant buvons..... et il
se mit à crier à tue tête :

Duc de Bourgogne,
Dieu te maintienne en joie.

— De la prudence, messire écolier,
de la prudence !

— Bah !.... ta maison est privilégiée,
c'est la taverne de l'université. Crains-
tu donc que les gens d'Orléans s'amu-
sent à ta carcasse !.....

—Il paraît, interrompit maître Paul,
que vous êtes devenu riche, Jean Cordelant..... Les beaux écus que vous avez
baillés à maître d'Asignac !.... Vous avez
donc besoin d'une maison maintenant.

— Que t'importe, vieux chien, s'écrie
Cordelant furieux ! veux-tu donc que
ceci s'ébrèche sur tes os? et il montra
une longue et large dague.

— Allez-vous donc commencer encore votre tapage?

— Oui, si tu ne nous amènes à l'instant deux femmes du clapier voisin !

— Oui, oui, des femmes, hurla la capette en jetant de toute sa force son gobelet à terre, des femmes, par Aristote et le diable!

— Mais songez....

— Tiens, fit Cordelant, en lui lançant au nez deux angelots d'or, tiens et dépêche-toi, ou par Satan, je te brise comme ceci : il porta de toute sa force un pot d'étain vide contre la muraille.

Le tavernier avait mis prudemment les angelots dans son escarcelle, quand il dit : les clapiers sont déserts, le couvre-feu est sonné.

— Ah! s'écria Cordelant, si la petite Amelotte était ici !.....

— Et qui nous empêche, Jean, de briser la porte d'un clapier, ou celle

d'un bourgeois, si l'envie nous en prend?
Est-ce que nous ne sommes pas écoliers
de l'université, heim?

— Par ma dague, tu dis bien, corps
de dieu ; allons et gare à ceux que nous
allons rencontrer !

—Oui, oui, répondit la capette......
et ils sortirent en jurant et chantant à
tue tête :

> Duc de Bourgogne,
> Dieu te maintienne en joie.

Maître Paul se hâta de fermer sa porte
en disant : les enragés !

Le Page et la Dame.

Le bois le plus funeste et le moins fréquenté,
Est au prix de Paris un lieu de sûreté.

Monsieur BOILEAU DESPRÉAUX.

Elle aperçoit son page.

MARLBOROUGH.

.... Où diable sommes-nous, demanda
Jean Cordelant à son camarade qui, s'é-
tant laissé choir dans un trou punais, en
sortait avec peine, couvert d'une boue
fétide.... quelle heure pourrait-il être?...
il y a long-temps que nous errons dans
ces chiennes de rues.....

La nuit était sombre et froide; on
n'entendait guère d'autre bruit que celui

de la bise qui semblait se déchirer parmi
les flèches des églises et les criardes gi-
rouettes des maisons : le ciel était d'un
noir !....

Comme les deux aventuriers nocturnes
cherchaient à reconnaître l'endroit où ils
étaient, une pâle lueur glissa tout à coup
le long d'un mur non loin d'eux, et un
flambeau parut.

— Ah! nous sommes derrière l'hôtel
d'Anjou, dit Cordelant...

— Paix, répondit l'autre, voyons cela:
vite, en embuscade, blotissons-nous ici.
Mordieu..... les voilà!

Un valet de pied éclairait un jeune
homme couvert d'une casaque brune et
d'une toque de velours noir.....

—Où va-t-il donc à cet heure, le beau
jouvencel? dit Jean Cordelant, en montrant tout à coup au jeune homme sa
figure décharnée et pâle de débauche,
tandis que l'aspect hideux de la capette,

sale et couverte d'une fange puante faisait reculer le porteur de flambeau.....

Le jeune homme n'hésita nullement,
il tira son épée et se mit en défense ;
mais le valet se remettant a dit d'une
voix forte : Place au page de monseigneur d'Orléans !

— Ah ! le ribaud !... au diable le bâton
noueux ! vive Bourgogne et l'université !

— Ribaudaille , répondit le jeune
homme , hors d'ici ou par ma dame
je.....

— A toi donc , beau page ! interrompit Cordelant , en lui portant un coup
de son lourd bâton.

Le combat commença, mais le valet
avait fui jetant là son flambeau , et le
page , appuyé contre le mur, se défendait avec peine contre les bâtons et les
dagues de ses deux adversaires..... Fort
heureusement pour lui qu'un galop se
fit entendre et que la clarté rouge de

plusieurs torches annonça les hommes du guet..... Ils vinrent, et on eût dit des fantômes à les voir ainsi vêtus de noir et de blanc au milieu de la sombre fumée des torches....

Les priviléges de l'université! s'étaient écriés tout fuyant les deux écoliers.....

Encore de ces enragés, dit le chef du guet!.... On les poursuivit, mais la nuit les favorisait, et puis le guet se rappelait leurs priviléges et Hugues Aubriot : ils échappèrent..... le page s'était fait connaître ; donc, au nom de la reine et du duc d'Orléans, on s'était empressé de lui céder une torche, et c'était à sa lueur qu'il continuait sa marche vers l'hôtel Barbette. Il y arriva sans plus d'encombre, et ouvrit une petite poterne qui donnait sur un préau désert et peu fréquenté. Il fallait qu'il connût bien l'hôtel, le jeune page, car il n'hésita pas un instant ; mais par un passage obscur et secret, il parvint dans une galerie de bois sculpté..... Une faible lumière s'échappait par l'ouverture que laissait une porte demi-close, ce fut dans cette chambre qu'il entra.....

Vêtue d'une sorte de robe de chambre d'étoffe à fleurs, elle était assise près d'un prie-dieu ; de longues tresses du plus beau châtain tombaient sur un cou plus blanc que l'hermine du surcot jeté nonchalamment sur le prie-dieu..... Elle leva ses yeux bruns sur le jeune homme à genoux et tremblant d'un doux émoi.

— Jacob, vous venez tard, j'étais inquiète, enfant..... Ses lèvres roses s'appuyèrent sur le front du jeune page...... Qu'il a chaud, d'où vient-il ? Seigneur Dieu, c'est du sang ! Jacob, vous êtes blessé ?

— Non, madame....

La dague de Cordelant avait effleuré le bras droit du page.....

— Vous vous êtes battu.....

— Deux ribauds de l'université ont voulu m'arrêter, ils insultaient monseigneur, et....

— Cher enfant !....

— Mais je·pensais à vous, je pensais à ma dame, à ma dame par amour, et bien certainement j'aurais été le vainqueur, n'était le guet.....

— Langue dorée que vous êtes! on voit bien qui vous hantez..... Mais on devrait bien châtier cette engeance de la rue du Fouarre.....

S'ils vous avaient tué, mon Jacob !

— Ne m'auriez-vous pas regretté, madame ?.....

— N'importe, petit page, dit-elle; et ses lèvres roses se posèrent encore sur le front du gentil Jacob; n'importe, vous avez oublié, dans cette rencontre, que les princes, au grand plaisir de madame la reine et de la France, vont enfin se réconcilier ; ils doivent bientôt communier ensemble aux Augustins, et se jurer paix et amitié éternelles : il fallait laisser passer les ribauds.....

— Ah! madame, je ne puis entendre mal dire de monseigneur.... Alors ma lame sort d'elle-même de son étui, et puis je porte vos couleurs.

— Vous l'aimez donc bien votre maître, Jacob?

— Je donnerais ma vie pour lui, noble dame.

— Mais ne l'aimez-vous pas mieux que moi?

— Oh! non ça, je vous aime d'amour.....

Ici les beaux bras de madame de Qévrain enlacèrent doucement le jeune homme.

..... Jacob s'était assis aux pieds de la belle femme ; elle achevait de panser son bras.

— Je tremble vrai, gentil page, que vous n'aimiez assez votre maître pour l'imiter..... C'est le plus grand débaucheur de femmes !

— L'imiter, moi ! oui dans sa courtoisie, science et clergie, mais non dans son amour..... Et puis vous êtes trop belle.

— Petit flatteur !..... Mais dites-moi, est-ce toujours la dame de Canny qui captive Monseigneur ?.... Quelques nouveaux portraits n'ont-ils, depuis peu, été placés dans le cabinet ?

— Je ne sais, madame, si......

— Voyez donc le beau page discret !

Le page était discret, mais pourtant si timide auprès de la dame de Qévrain !.....

— Allons, petit page, il faut nous séparer.

— Déjà ?....

— Déjà, comme s'il n'était pas temps !

— Oh! la belle écharpe..... dit-il en
montrant une riche étoffe qu'était en
train de broder la dame.

— C'est pour vous, page discret,
quand vous serez chevalier, elle est à
mes couleurs.

— Fasse le ciel, répondit avec feu
Jacob, que ce fût demain, et qu'il y
eût tournoi! je serais sûr de déposer le
prix à vos pieds....

— Adieu, mon Jacob!..... et quand
vous reverrai-je ?

— Dam!.... madame la reine ne sortira guère que dans cinq ou six jours.

— Mais, monseigneur viendra la voir

— Nous y réfléchirons.

Le bruit d'un baiser fit mollement
retentir la galerie, et la porte fut refer-
mée doucement... Oh! bien doucement!

— Allons, se dit Jacob, maintenant
hâtons-nous de gagner le couvent des

Célestins, où monseigneur fait une retraite, une drôle de retraite vraiment!
puisque je vais encore.....

La Vision des Célestins.

La mort alors se lève,
Se lève et fait luire sa faux!

Traduction d'YOUNG.

LES Célestins s'élevaient sur le quai Morland, à l'entrée des cours de l'Arsenal ; Charles V avait posé la première pierre de leur église ; sa statue et celle de la reine, sa femme, en décoraient le portail ; les moines l'avaient ainsi voulu par reconnaissance des pieuses libéralités du sage roi.

Matines étaient sonnées.

2

Un religieux traversait le dortoir pour aller à l'église..... quand tout à coup il s'arrête, tressaille, veut parler, et ne peut qu'étendre le bras comme s'il eût voulu montrer quelque chose...... La mort? Oui, il ne se trompe point, la mort est là, devant lui, enveloppée dans un linceul blafard, qui laisse entrevoir à demi ses ossemens hideux..... Ah! c'est bien la mort! Voilà sa faux terrible, voilà cette main puissante qui glace le cœur qu'elle a touché! *Juvenes ac senes rapio!* et elle fuit, légère comme une vapeur nuageuse, et va se perdre dans l'ombre...... Le célestin demeura semblable à une des statues de pierre qui s'élevaient au portail. Ses cheveux s'étaient hérissés, une sueur froide mouillait sa blanche figure :

Le père Poquet, dit-il, d'une voix creuse, le père Poquet, qu'on m'amène le père Poquet !....

Et il courait vers l'église, quand Jacob parut.....

— Ah! c'est toi, Jacob.

— Oui, monseigneur.

— Eh bien, que me veux-tu? qu'y
a-t-il donc?

— Je dois vous remettre ce bouquet et
cette lettre.

— Ah!.... donne, donne vite....

Il prit le bouquet, et y déposa un
baiser!..... Il lut la lettre : cette pauvre
Mariette qui s'ennuie!..... et la reine,
Jacob ?

— Elle est hors de danger, monseigneur, et bientôt à Notre-Dame elle ira
faire ses relevailles.

— Ah! bon.

— Mais j'oubliais, monseigneur, de
vous annoncer que ce matin, monseigneur de Berry et monseigneur de Bourbon viendront vous voir; ainsi que

vous me l'avez ordonné, je crois devoir vous le dire.

— C'est encore, sans doute, pour cette réconciliation avec Jean le Simple ; ennuyeuse conférence ! Ne suis-je pas en retraite ? pourquoi venir m'y troubler ?... Ha ! ha ! continua-t-il en riant, la réconciliation ! comme si je pouvais haïr Hannotin de Flandre !!

Un moine entrait alors..... le duc rougit en le voyant, et il se hâta de serrer dans son sein le bouquet et la lettre.

— Père Poquet, dit-il, et son air redevint sérieux, père Poquet, je désirais vous voir... mais allons d'abord aux matines, ensuite nous passerons dans votre cellule, car j'ai besoin, mon père, de vos consolations.

— Elles vous sont dues, monseigneur, à tous les instans du jour, répondit le célestin en s'inclinant profondément.

— Jacob, tu peux repartir, je retourne à l'hôtel aujourd'hui.... Et il alla chanter matines avec les religieux.....

— Par le bâton noueux, dit le jeune page, en regardant aller le prince, je ne l'aime guère de la sorte, affublé d'un capuce de moine; il est mieux dans un bal, ou chantant une romance sur la mandore..... Mais il revient aujourd'hui à l'hôtel, et avec lui les plaisirs, et puis nous irons chez la reine..... Allons, le cabinet va recevoir de nouveaux por- traits..... Ha! ha! ha! que monseigneur était drôle en habit de célestin, baisant le bouquet d'une juive : voyez un peu le bon moine!

Mais, tranquille et avec joie, le frère de Charles VI chantait au chœur: là seu- lement, se disait-il, je suis vraiment heureux; ah! qu'ils sont préférables aux plaisirs des cours, cette paix, ce calme bienfaisant du cloître!

La Rencontre.

Nous pouvons aller renouveler connaissance
au cabaret?
— De tout mon cœur, je ne refuse jamais
des parties d'honneur.

RÉGNARD.

DANS la grande salle de l'hôtel d'Artois, un homme se promenait pensif. Sa
haute taille, ses traits plus sombres encore que pâles, lui donnaient quelque
chose de remarquable et de peu commun, il est vrai, mais qui faisait mal.

— Je me vengerai, se disait-il, oui;
n'importe, j'y sacrifierai ma vie s'il le

faut, au moins aurai-je le plaisir de lui
plonger ma dague dans le cœur.... C'était
bien à lui, vraiment qu'il appartenait de
me..... oui, il m'a chassé..... chassé de
l'hôtel du Roi!.... Lui, m'accuser de
malversations! lui, qui dévore chaque
jour la substance du peuple ; lui, qui
pille à loisir le trésor ; lui, l'amant de la
grande Gaupe, de la femme de son frère !
de cette Allemande capable de ruiner dix
royaumes par son luxe et son goût effréné des plaisirs!.... Mais, patience.... Ah!
si Moïse Mousque me seconde! et il
me secondera... je ne connais pas d'animal plus vindicatif ; si pourtant... il se
prit à sourire.... Comme on les mène
tous ces prétendus hommes puissans!....
Le diable excepté... oui, je ne connais
que deux hommes, deux hommes selon
mon cœur, le Juif et Jean-Sans-Peur.....
Sans-Peur.... ce surnom lui va mal, car
il tremble cependant, et qui le fait trem-

bler? un faible débauché, un moine, le
duc d'Orléans!.. eh! mais, il est aimable,
et la duchesse... ce pauvre duc de Bourgogne!... Je me vengerai!

Jean Cordelant, l'écolier de l'université, vint interrompre l'espèce de mono-
logue du sire d'Octonville.

— C'est toi, eh bien?

— Ils n'y sont que depuis hier, et déjà
ils s'impatientent et jurent.... C'est pour
quel jour?

— Je ne sais, rien n'est encore arrêté.

— Mais cependant....

— Je te donnerai des ordres quand il
le faudra; que vous manque-t-il? vous
avez du vin, des dez et de l'or.... tais-toi
donc, et recommande-leur surtout de
prendre garde de se montrer aux fenêtres, car j'ai une excellente hache
d'armes.

— Est-ce que c'est abandonné?

Raoul ne répondit pas....

— Corps-de-Dieu! je vous engage à vous hâter, autrement les oiseaux pourront bien s'envoler, et moi-même j'avoue que j'aimerais à entrer en danse. Foi d'écolier de l'université, je n'aime pas le repos.

— Va-t-en, et porte ma hache d'armes chez l'armurier, afin qu'on la repasse....

— Bon cela! donc à bientôt la fête, et au diable la réconciliation !...

D'ailleurs Jean Cordelant n'était point fâché d'aller au marché aux pourceaux, près la porte Saint-Honoré ; un faux monnoyeur y devait être boullu, c'est-à-dire plongé dans une cuve d'eau bouillante, et l'écolier aimait cela autant que l'immense populace qui encombrait le marché, et que des sergens frappaient alors de leurs longs bâtons, appelés *boulaies*, pour avoir de la place, et faire en sorte que les bourreaux pussent vaquer

à leur office. Cordelant aurait bien voulu
y mener Amelotte, la petite chapelière
de la rue des Rosiers; il y comptait presque, mais le père Lavelle, homme brusque, passablement brutal, et qui n'aimait pas l'université, avait souffleté la
jeune fille et chassé l'écolier, jurant,
maugréant à faire tomber les murailles,
et criant le refrain obligé : la violation
des priviléges. Il aurait peut-être fait
un mauvais parti au père d'Amelotte,
si Henri Prieur, valet de l'hôtel de Rieux,
n'était venu avec plusieurs de ses camarades au secours du chapelier. Cordelant rengaîna donc, et, jurant de plus
belle, prit la route du marché anx pourceaux.

.... Quelle était bigarrée cette foule qui
s'écoulait satisfaite! Que de bourgeois il
y avait, que de villageois, que de femmes! des moines aussi dont les vêtemens
de couleurs diverses tranchaient et fai-

saient bien sur la masse sombre du peuple! Là, des bourgeois vêtus d'une sorte de robe longue et de grands bonnets de feutre; plus loin, des hommes d'armes couverts du jacque de guerre et du petit chapeau de fer.... et ces deux ou trois femmes, avec leur haute coiffe en pain de sucre, d'où tombe un voile qui ne pend que jusqu'aux épaules; et ces robes mi-parties de rouge et de blanc; et ces chapeaux fourrés à queue pendante! Ici des mendians couverts de haillons, la besace sur l'épaule, le barillet sur la poitrine, le chapelet à la main; là des Juifs, mais déguisés, à cause des ordonnances qui les proscrivent. Cette femme à la ceinture dorée et au bonnet pointu, où sont attachés les armes du roi des ribauds, c'est une fille, folle de son corps, qui se rend à son clapier, car l'heure ordonnée par les statuts s'avance, et elle ne peut tarder : cet autre? c'est un sorcier de magie blanche, on le reconnaît à son chapeau pointu, à son vêtement noir à bandes bleues et à son petit bâton courbe.... Ah! le supplice est certainement fini, car voilà le procureur du roi au Châtelet et le lieutenant-criminel, qui vont au cabaret dîner ensemble.

— Quelle drôle de grimace il faisait, disait Jean Cordelant à son inséparable ami la Capette, inséparable d'autant plus qu'il savait des angelots dans la pochette de son déterminé compagnon, qui louait des maisons, et hantaient depuis quelque temps les meilleurs tavernes et clapiers.

L'écolier de Montaigu ne répondit que par un gros rire.

Cordelant, qui était en verve, allait continuer ses dires plaisans; mais la venue d'un personnage, qui lui frappa vigoureusement sur l'épaule, l'en vint empêcher.

— La Rescousse! s'écria-t-il alors tout

joyeux, tu viens on ne peut plus à propos, mon brave écorcheur !...

La Rescousse, ancien tard-venu, était un
drôle de six pieds, fortement découplé, aux
cheveux blanchissans et à la main aguer-
rie ; il portait encore un chaperon de fer
rouillé, et une épée de même métal pen-
dait à sa ceinture ; mais son jacque qui
tombait en lambeau, et le reste de son
accoutrement, annonçaient que depuis
long-temps un écu d'or n'avait dansé
dans son escarcelle.

— Par mon saint reliquaire, dit-il, en
touchant la croix du chapelet qu'il avait
au cou, je suis aise de te rencontrer,
Jean !

— Sans doute, car te voilà à moitié
certain, vieux pécheur, de dîner aujour-
d'hui dans une bonne taverne ; mais il
paraît que tu n'es guère plus avancé que
lors de notre dernière rencontre au clapier de la rue Tire-Boudin, mon digne

bâtard; c'est un mauvais temps que le nôtre pour les hommes d'armes?

— Je t'en réponds, mon fils, et cette maudite réconciliation, dont le diable, je crois, est l'auteur, va nous mettre tout-à-fait à la besace, corps de Dieu!

— Où est le temps, heim, où vous voliez sur les routes?

— Ah! c'était un bon temps, celui-là.

— De l'argent et des femmes, du vin et des dez.

— Et de bons coups de lances et de sabres.

— Sur les ribauds, et voire même sur les moines.

— Oh! non je n'ai pas cela à me reprocher, Cordelant, j'ai toujours respecté la tonsure.

— Et les nonnes, n'est-ce pas? Il est bon, le tard-venu!

— Par ma sainte relique, que l'enfer

m'engloutisse si je n'ai pas toujours été
bon chrétien !

— Oui, car ça n'empêche pas de rôtir
des enfans et de manger de la chair hu-
maine.

— Pas plus que de violer, et de brûler
les villages, ajouta la Capette, bien-aise
de placer quelques paroles.

— Par ma lame ! je m'en suis confessé
et en ai reçu l'absolution, et je dis encore que c'était un bon temps, mes
beaux clercs, et celui-là qui dira que
non, je suis en mesure de lui ouvrir le
ventre avec ma Fidèle.

— Allons donc, vieux routier, tu n'es
pas sur une route, et tu oublies que tu
parles à des écoliers de l'université !....
mais, n'importe, viens dîner à la taverne,
et ensuite je te montrerai la maison que
j'ai louée.

— Toi, louer une maison, dit la Rescousse étonné?

— Oui, mon brave, pour un an, j'ai
loué la maison de Robert Fouquier, ser-
gent d'armes, et maître des œuvres de
charpenterie du roi.... et, qui plus est,
j'ai trouvé le moyen de gagner de beaux
écus d'or tout en buvant et m'ébaudis-
sant dans les tavernes.

— Corps de Dieu, le beau secret! au-
rais-tu donc découvert le grand œuvre,
mon petit Cordelant?

— J'aurais plutôt fait un pacte avec
Satan. Je te dirai tout cela après le dîner,
dans ma maison.

— Mais, interrompit la Capette, par
le diable! quand donc me la montreras-
tu ta maison? Tu n'as pas encore voulu
m'y mener, moi, pourquoi donc?

— Parce que je trouve que tu as la
langue un peu longue, et parce que je
n'ai pas envie de te fourrer ma dague

dans le gosier pour t'empêcher de dire...
mais, au surplus, tu seras bientôt satisfait, je t'y mènerai aujourd'hui aussi,
seulement je te préviens que tu pourras
trouver le temps que tu y passeras un
peu long; Mais allons tâter d'un potage
au chenevis.... ça nous remettra d'autant
plus, que le tavernier a d'excellent vin de
Bourgogne, de Bourgogne entends-tu,
la Rescousse?.. je ne bois que de celui-là
moi.... du vin de Bourgogne!

Ils entrèrent dans une hôtellerie re-
nommée.

On les conduisit dans une salle boisée
qui était ornée, en outre, d'un crucifie-
ment, où l'on voyait un bon larron dont
l'ame était reçue par un ange, ressem-
blant comme deux gouttes d'eau à un
diable, tant on l'avait fait enluminé, et
un mauvais larron dont l'ame était vertement fouettée par un composé de grif-
fes, de cornes et de queues horribles,

puis du rouge et du noir, c'était probablement Satan. On voyait encore dans
l'appartement les douze mois de l'année
poétiquement représentés, l'un faisant
la moisson, l'autre taillant la vigne ; celui-ci égorgeant un cochon, celui-là s'asseyant devant une bonne table. Au plafond étaient suspendus des rameaux desséchés, et de la paille fraîche jonchait le
sol.

Les trois dignes amis s'assirent sur des
escabelles de bois de chêne bien luisant,
et, après s'être consultés, ils demandèrent un potage au chenevis.

— Oui, dit la Rescousse, va pour un
potage au chenevis ; c'est un jour maigre,
sans cela j'aurais préféré le potage aux
tripes ou à la chair pilée.

— Le potage au chenevis, répondit
Cordelant, est préférable, car c'est celui
des chanoines.... Notre hôte, c'est du
vin de Bourgogne qu'il nous faut.

On apporta du vin de Bourgogne, et l'on servit des noix, des pistaches et des nèfles, et le potage au chenevis dans de belles écuelles d'étain poli ; puis des œufs rôtis à la broche, une arbalète et un pâté de poisson, un civet d'huîtres, un brochet à l'eau bénite ; puis encore une tarte aux herbes et une tarte au riz, un plat de crême aux grains de fenouil et des fruits confits au pîment ; enfin des pâtes au sucre et des pâtes confites, représentant les choses les plus obscènes ; des confitures et des oublies.

— Tu nous traites comme des princes, mon brave Cordelant, s'écriait à chaque plat la Rescousse en avalant une coupe de vin.... il est impossible que ce ne soit pas le diable qui paie, ajoutait-il en posant avec bruit sa vaste coupe d'étain sur la table retentissante.

— Qu'importe, buvons et mangeons,

balbutiait la Capette déjà plus d'à moitié ivre....

—A la santé du duc de Bourgogne! dit Cordelant.

—Tope, mon fils, c'est un brave, bonne lance, par ma foi!

—Oui, et qui vaut mieux que l'amant de la grosse Allemande.

—Ah! celui-là c'est plutôt un moine qu'un guerrier, témoin sa belle expédition de Guyenne.

—Par la châsse de saint Martin, tu dis vrai, la Rescousse, c'est un moine!

—Le vin cuit, ajouta Jean Cordelant transporté, le vin cuit!... Je suis charmé, mon digne écorcheur, mon digne mangeur d'enfant rôti, que tu penses comme cela; j'aime ce dire, et comme je connais ta lame nous serons bientôt d'accord.... ouvre ton escarcelle, les angelots y vont pleuvoir. Vive Dieu! encore un

coup, et partons pour l'image Notre-
Dame.... à Jean-sans-Peur, mes dignes
amis! Partons.

La Maison

de l'Image Notre-Dame.

On y entendait des soupirs, des plaintes, des cris aigus, des pleurs; mille langages divers, les gémissemens de la douleur, les accens de la rage et du désespoir, des hurlemens horribles, des clameurs épouvantables, des sons sourds et confus, un bruit continuel, une cacophonie bruyante et tumultueuse qui se prolongeait en retentissant.

DANTE.

La maison de l'image Notre-Dame était située en face de l'hôtel de Rieux, dans la vieille rue du Temple, entre la rue des Rosiers et celle des Poulies; la porte de cette maison était surmontée d'une image de la Vierge, en plomb, placée dans une niche à couverture gothique qui s'avançait en saillie.

Dans une salle nue, sale et obscure, du premier étage, sont une vingtaine d'hommes à figures farouches : les uns jouant aux dez, d'autres assis autour d'une grosse table placée au milieu de la chambre, buvant à même de grandes outres pleines d'un vin qui semblait leur plaire ; quelques-uns étaient restés gisans, ivres morts ; plusieurs dormaient étendus sur un banc grossier qui régnait tout au tour de la muraille noircie par la fumée des torches. Une grosse chandelle de suif puant éclairait à peine cette espèce d'antre, et sa fumée se déroulait et s'échappait à travers le grillage de la croisée, encore assombrie par un auvent de toile que la bise agitait et faisait comme gémir. Des vivres sont entassés dans tous les

coins, des armes de toutes les sortes sont
pendues aux murailles, quelques-unes
jettent des lueurs ternes et sinistres, d'autres projètent une ombre vacillante et
bizarre, qui se mêle aux silhouettes al-
longées de ceux-là d'entre ces hommes
qui jouent ou se promènent d'un air en-
nuyé. On n'entendait dans ce hideux re-
paire que des juremens et des blasphè-
mes, que des vociférations et des chan-
sons obscènes, ou bien des récits affreux
de guerre et de pillage, de meurtre et
d'expéditions de grands chemins.

Cependant tout-à-coup le silence a
régné : on a frappé trois coups à la porte
de la rue.

— Va ouvrir, Guillaume, dit une
voix.

Bientôt on entendit monter l'escalier,
et la voix bien connue de Cordelant se
fit ouïr. Il reprochait aigrement à Guillaume de l'avoir fait attendre. Mais à

peine est-il entré avec ses deux compagnons, qu'un de ceux qui jouaient à croix
ou pile se leve joyeusement, et s'avançant vers la Rescousse :

— Quoi! te voilà, mon brave, par
saint Polycarpe, tu nous manquais!

— Jean de la Motte! corps de Dieu,
la rencontre est heureuse!

— Les honnêtes gens se connaissent
tous, fit observer l'écolier.

— Sois le bien-venu, la Rescousse,
murmurent alors cinq ou six voix rauques.

— Oui, et vidons une outre à sa bien-
venue, dit Guillaume.

— Non pas une, mais deux, s'écria
Cordelant : compagnons, imitez-moi,
et il avala un pot de la divine liqueur.

— Ces écoliers, comme ça boit, fit
observer de la Motte, et il s'empara d'une
outre qu'il ne quitta qu'après l'avoir
aux trois quarts vidée. La Capette,

qui déjà ne pouvait plus guère se soutenir, voulut imiter le Routier, il saisit
l'outre d'une main peu assurée.

— Soutiens donc l'honneur de l'université, lui cria son camarade d'un voix
tonnante... il le voyait faiblir : animal,
bélitre...

La Capette, ranimé par ces paroles,
fait un dernier effort, il vide l'outre..
mais ce fut son dernier exploit ; il tomba,
et roulant sous la table, s'endormit profondément.

— Vous aurez soin, braves amis, de
veiller sur ce drôle, dit Cordelant, surtout qu'il ne puisse pas sortir avant...

— Avant quoi, demanda Guillaume
de Courtcheuse ?

— Je m'entends, cela suffit.

— Ah ça, continua Guillaume, puisque nous en sommes sur ce chapitre,
parlons un peu d'affaires, Jean, crois-tu

donc que nous avons envie de rester
long-temps enfermés dans ce trou? pour
moi je commence furieusement fort à
me lasser de cette vie de moine ; nous
sommes habitués à vivre en plein air.

— Aussi y mourrez-vous.

— Qu'est-ce que le sire d'Octonville
veut de nous ? par la mort de Dieu !
qu'il se dépêche, qu'il parle.

— Est-ce qu'il n'a pas parlé, imbécille ? patience, encore un peu de patience, te dis-je, et les écus au soleil
pleuvront sur vous comme la grêle en
hiver et la pluie en été ; d'ailleurs vous
avez du vin, et l'on vous promet de l'or,
que vous manque-t-il? vive Dieu !

— Des femmes, grogna un routier,
des femmes, par la hart qui doit un
jour me serrer le cou; j'ai perdu jusqu'à mon dernier parisis avec ce lépreux
que l'enfer confonde.

— Pas de blasphême, s'écria Courteheuse, pas de blasphême ; ne peux-
tu parler en chrétien?

— Oui, oui, des femmes, dirent en
chœur les routiers, des femmes et du vin.

— Silence donc, vous m'empêchez de
jouer, leur cria Jean de la Motte.

— Va au diable, lui répondit-on, des
femmes, oui des femmes !

— Une idée, par le grand Aristotelès,
une idée lumineuse ; eh ! qu'est-ce qui
nous empêche, compagnons, de faire
venir, n'importe comment, deux ou
trois ribaudes, pourvu qu'en suite nous
les gardions toutefois, nous les empê-
chions de sortir, de retourner à leurs
clapiers : qu'en dites-vous ?

— Il a raison, l'écolier, il a raison,
des femmes !

Malgré tout ce que put dire Guillaume,
qui prétendait que c'était profaner l'image Notre-Dame, des femmes furent ame-

nées, et une orgie épouvantable commença ; les uns juraient, les autres chantaient,
tous buvaient ; c'était un bruit , des cris,
des hurlemens ; en vain Courteheuse assu-
rait-il que les voisins pourraient prendre
l'éveil, que le prevôt pourrait être averti :

— Le prevôt ! s'écria Cordelant , le
prevôt , je me moque du prevôt, moi,
je suis écolier de l'université ; je veux rire,
je veux chanter , qu'est-ce qui m'en em-
pêcherait ? le prevôt ! qu'il vienne donc
dans la rue du Fouarre , lui et ses ar-
goulets , qu'ils viennent ! et on leur brisera les côtes ; ah ! bien oui , le prevôt...
d'ailleurs la maison est à moi , et j'y
puis faire ce que je veux ; le prevôt !
nous sommes sous la protection immé-
diate du duc de Bourgogne , mes braves... est-ce clair cela ? donc que pou-
vons-nous craindre ?... Allons, à Monseigneur de Bourgogne , vieux sanglier !
— Oui , répondit la Rescousse , à

Monseigneur de Bourgogne! Sang de Dieu , celui-là qui refuse de boire, je lui brise les dents avec la monture de ma lame.

— Vive le duc de Bourgogne! dirent les routiers tout d'une voix , et les outres circulaient , et les dez retentissaient sur les bancs et la table. Tout-à-coup Jean de la Motte furieux s'est écrié :

—Tu as un sort, sur mon ame, et c'est de la magie.

— Tu mens , répond l'autre en fureur , et saisissant un pot , il le brise sur la figure de de la Motte.

— Par l'ame de mon père , tu mourras , dit celui-ci , et frémissant de rage, il a plongé son poignard dans le cœur de son adversaire. Au même instant les amis du mort se lèvent, exclamant de furie ; ils saisissent les premières armes qui leur tombent sous la main , et s'élancent sur le meurtrier ; d'autres, et la Rescousse à leur tête, se précipitent à leur rencontre ; les sabres se croisent, les masses d'armes se choquent, le tumulte va devenir sanglant... Les femmes poussaient des sanglots qui, se mêlant au choc des armes, aux vociférations et aux blasphêmes, formaient une harmonie digne d'un pandémonium ; mais Guillaume avait conservé son sang froid, et jeté au milieu de la mêlée, il s'efforçait de rétablir la paix, aidé de l'écolier qui, sentant par un reste d'instinct qu'il fallait, n'importe comment, apaiser ce tumulte, pérorait au nom de Raoul d'Octonville et du duc de Bourgogne. L'ivresse vint à leur secours ; comme la plupart des combattans pouvaient à peine se maintenir debout, ils parvinrent enfin à les séparer. Des horions seuls avaient été échangés ; par ainsi ceux qui le purent se remirent à l'orgie , et les autres s'endormirent

comme des porcs surchargés de nourriture. Fallait-il donc nous égorger pour
un corps mort, fit judicieusement observer Cordelant, en poussant le cadavre du pied? Cette réflexion parut si
profonde, qu'après avoir jeté le corps
sur l'escalier, on se remit à boire et à
chanter.... et la nuit se passa.

Le Juif Négromant.

C'est un homme de conséquence,
Rempli d'esprit et de science.

Les Almanachs.

Si un Juif outrage un Chrétien, quelle est la
modération de celui-ci? la vengeance. Si un
Chrétien outrage un Juif, comment le Juif
doit-il le supporter? d'après l'exemple du
Chrétien, en se vengeant.

SHAKESPEARE.

LE Juif Moïse Mousque habitait une
petite maison, vieille et retirée, et l'on
disait qu'il travaillait depuis long-temps
au grand œuvre, dans une cave pro-

fonde. Ce qu'il y avait de certain,
c'est que sa maison était pleine de cor-
nues, fourneaux, charbons et soufflets.
Il s'adonnait aux sciences occultes,
était profondément versé dans les mystères de la cabale, et passait pour bon
astrologue. Il était aussi médecin, et
guérissait les plaies et maladies par phil-
tres et paroles. Avait-il fait un pacte
avec le diable ? Il était protégé par plusieurs seigneurs de la cour, l'avait été
puissamment par madame Valentine, et
espérait l'être bientôt par le duc de
Bourgogne. Seulement on ne savait pourquoi, mais les plus fortes sommes ne
l'avaient pu décider à entreprendre la maladie du Roi ; et pourtant il aimait l'or,
il est vrai qu'il n'en était jamais dé-
pourvu ; du reste, il ne sortait que la
nuit, et cela quand il ne travaillait pas
dans son souterrain. Moïse n'avait guère
plus de quarante ans, on aurait pu lui

en donner cinquante , tant sa figure
était déjà vieillie , et ses cheveux d'un
roux jaune , blanchis par les travaux
auxquels ils s'était assidûment livré. Il
était grand , olivâtre et d'une maigreur
repoussante. Rien qu'à voir sa longue
figure aux traits larges et profondément
gravés , ses deux petits yeux noirs ,
creux et luisans, ses sourcils épais, hauts
et arqués à l'orientale, on eût dit : c'est
un Juif. Il avait laissé croître sa barbe ;
elle était courte, rase , et se terminant
en pointe aiguë , allongeait encore cette
figure si singulièrement remarquable ;
elle accompagnait bien le sourire perfide
qui jaillissait de ses lèvres minces et
profondément rentrées. Moïse Mousque était toujours vêtu d'une robe
noire, fendue sur la poitrine, de manière à laisser voir une sorte de ration-
nal de soie rouge , richement brodé de

caractères d'or ; une ceinture de cuir,
sur laquelle une main habile avait des-
siné en laiton les douze signes du zo-
diaque , serrait cette longue soutane re-
couverte d'une grande casaque de drap
à manches pendantes. Sa coiffure con-
sistait en un turban rouge roulé jusque sur les sourcils, et surmonté d'un
gros saphir entouré de perles.

Ce personnage était tranquillement
occupé à lire un vieux manuscrit de parchemin enfumé, dans un petit cabinet
obscur, construit dans le grenier de la
maison, et rempli d'instrumens de chi-
mie, de manuscrits et de livres ; il était là
dans un vieux fauteuil, sur le dossier
duquel étaient perchés deux hiboux qu'on
eût pu croire morts, tant ils étaient immobiles, et tant leurs grands yeux d'or
restaient fixes. Deux gros chats noirs de-
meuraient accroupis sur la lourde table,

et leur nombreuse progéniture jouait dans un coin avec des peaux de crapauds desséchés.

Moïse Mousque semblait profondément à sa lecture, cependant il jetait de temps en temps un coup-d'œil sur la porte, et chaque fois ses sourcils se rapprochaient, comme s'il eût été impatienté de ne pas voir entrer quelqu'un d'attendu. A la fin, son oreille attentive entendit monter le petit escalier, et un sourire diabolique se dessina sur ses lèvres sèches ; mais il se remit soudain à lire, de telle sorte qu'il semblait comme pétrifié, ou plutôt comme une statue sur un tombeau...... la porte s'ouvre, et Raoul d'Octonville entre, et la referme soigneusement ; mais le Juif ne bougeait.... les hiboux poussaient des cris, battaient des ailes, voltigeaient de tous côtés, les chats miaulaient, roulaient dans l'ombre leurs yeux verts et flam-

boyans, et un ours énorme sortant de
dessous la table, où l'avait caché jusqu'alors un large tapis rouge, vint se
dresser devant le sire d'Octonville qui
recula, un moment effrayé.... le Juif sourit, fit un signe, l'ours docile vint se
coucher à ses pieds, et tout rentra dans
le silence ; mais Moïse ne voulut point
encore s'interrompre, il montra une es-
cabelle au confident du duc de Bourgogne et reprit sa lecture. A la fin, Raoul,
impatienté et frappant du pied, s'écria :

— Messire Mousque, je ne suis pas
venu pour voir un ours et des chats seulement!....

Mousque ne répondit pas.

— Chien de Juif, murmura Raoul!
puis : Maître Mousque, au nom du diable ou du ciel, parlerez-vous aujour-
d'hui? L'ours gronda et les hiboux crièrent.

— Ne parlez ici ni du ciel ni de l'enfer, sire Raoul, dit enfin le Juif en roulant son manuscrit.

— Pourvu que nous parlions, peu
m'importe! je t'apporte deux cents moutons d'or, car nous viendrons cette nuit.
Tu peux tout disposer.

Une joie satanique brilla dans les petits
yeux de Mousque :

— Vous êtes donc décidés?

— Tu sais si je le suis, Juif, répondit
Raoul d'un air sombre, et mordant sa
lèvre dédaigneuse.

— Et votre maître?

— Il l'est depuis long-temps... et grâce
à mes soins, il frappera bientôt.... d'ailleurs, tu l'as dit, les astres sont pour
nous.

— Oui, ils sont toujours pour les ames
fermes.... Ainsi la réconciliation?...

— C'est un acte politique ; d'ailleurs
il dépendrait de toi de l'empêcher.

— Le duc d'Orléans est donc mort,

s'écria brusquement le Juif en s'élançant de son siége! et ses traits prirent une teinte de férocité, telle que d'Octonville lui-même en fut stupéfait. Mais les traits de l'Israélite se remirent peu à peu, et il se tint immobile, ses yeux perçans fixés sur Raoul..... Celui-ci, se levant brusquement :

— Ainsi donc à minuit?

— Un moment, un moment.... j'exécuterai tout ce dont nous sommes convenus, oui, mais à une condition.

— Tout n'est-il pas convenu?

— Je ne promis rien.

— Quoi, dit Raoul en colère! mais s'arrêtant soudain : Allons, c'est encore de l'argent, combien te faut-il?

— Je méprise ton or.

— Que te faut-il donc ?

L'Hébreu garda quelque temps un silence terrible... puis, d'une voix sourde :

— Il me faut de sa chair ! il me faut

de la chair de l'infâme débauché! de la chair du duc d'Orléans!

— Eh! qu'en voudrais-tu faire, demanda Raoul, ne pouvant s'empêcher de frémir?

— Eh! tu parles de te venger, répondit Mousque avec mépris!... Au surplus, cela doit peu t'importer, ajouta-t-il froidement... c'est ma condition.

— Eh bien donc! qu'à cela ne tienne; comme tu dis, cela doit peu m'importer, j'y consens.... Il sortait, mais le Juif :

— Un moment.... jure, foi de chevalier, de me donner de sa chair.

— Je le jure.

— Un moment encore; jure-le sur ce livre : il tira d'une petite cassette de bois de cèdre un livre à fermoirs d'or et à couverture de soie brodée.

— Jure encore sur ce livre sacré de me donner de sa chair.

— N'as-tu pas ma parole de chevalier, Juif?

— C'est ma condition.

— Qu'est-ce que ce livre?

— Les Livres de la loi.

— Moi, jurer sur ce livre payen!
non.

— Aime-tu mieux jurer sur ton ame?

— Misérable!... mais allons, puisqu'il
le faut, je jure sur Dieu et sur mon ame
de te donner de sa chair.

— Et les cinq cents écus d'or.

— Et les cinq cents écus d'or.

— Je vais donc achever de préparer
tout.

— A minuit, Juif.

— A minuit! les astres sont pour
nous.

Raoul sorti, Mousque se hâta de serrer les deux cents moutons d'or qu'il
avait reçus; et, les traits enluminés d'une

joie digne du prince de l'abîme : J'aurai
donc de sa chair !.. je me vengerai donc...
ces chrétiens qu'ils sont lâches et faibles !..
Ah ! continua-t-il, riant affreusement, il
ne se doute guère, ce superbe Bourguignon, ce stupide Octonville, qu'ils ne
vont être que les vils instrumens d'un
Juif, d'un être qu'ils détestent, qu'ils
haïssent, qu'ils méprisent, qu'ils appel-
lent chien ! qu'ils regardent comme un
animal immonde !... et toi, infâme et perfide débauché, je vais donc t'atteindre !
je ne t'aurai donc pas maudit sept fois le
jour en vain ! je montrerai donc de ta
chair à cette Lia que tu as entraînée dans
le crime, à cette Lia qui t'a préféré à
moi ! puis après je la jeterai aux chiens
et aux pourceaux, cette chair immonde !...
J'aurais dû demander son cœur... pourquoi n'ai-je pas demandé son cœur ?... A
cette heure peut-être il est près de Lia...
Il ne se doute pas que sa mort approche,

et que c'est un Juif, un misérable, moi,
qui la prépare.... qui va.... la préparer....
Je le hais.... Il ne pourra que mourir
après tout.... Ah! si je pouvais le torturer moi-même !!!..

Moïse Mousque vit alors devant lui
son valet, le fidèle Josué.

— Ah! Josué, réjouis-toi; Lia, cette
Lia, la honte de la tribu, elle va être pu-
nie, la main de Jehovah va s'appesantir
sur elle; depuis long-temps elle est maudite.

— Je venais vous dire, maître, que
Daniel est revenu, il a exécuté vos
ordres.

— Bien, Josué, bien, réjouis-toi, les
chrétiens vont bientôt encore s'entredé-
chirer.... Le Bourguignon est né pour
leur être fatal!...

— Je lui ai dit, maître, de descendre
dans le laboratoire.

— Tu as bien fait, Josué; mais ré-

jouis-toi, il va bientôt mourir celui-là
que j'ai sept fois maudit, celui-là sur
qui j'ai appelé la lèpre et les plaies, sur
qui j'ai dit depuis long-temps *raca,* celui-
là que nous aurions dû lapider comme
Achan, et couper par morceaux comme
la femme du lévite, il mourra, et de la
main d'un chrétien !...

Mousque resta quelques instans encore, les yeux fixés sur les ongles retors
de son ours, sur ses dents larges et
blanches.

— Allons commencer nos prépara-
tifs.... S'arrachant comme à regret à cette
douce contemplation : Viens, Balaam,
dit-il à l'ours.... Josué, n'oublie pas le
Talmud, et surtout la poudre magique.

Ils sont sortis, suivis de l'ours qui
gronde, des chats et des hiboux qui
miaulent et crient.

La Scène Magique.

Oh!.........
CALDERON.

Un miracle! c'est un fait dont on ne peut
se rendre compte, une fantasmagorie, ou
une assiette cassée par une cuisinière.

Un Casuiste.

A l'heure de minuit, deux hommes
descendaient l'escalier de la cave de l'Hébreu, précédés de Josué qui tenait
un flambeau dont la lumière rendait
affreusement livides les objets qu'elle
allait découper.

5

A sa haute taille qui se projetait in-
forme sur les pierres de la muraille
suante, on reconnaissait le sire d'Octonville ; l'autre était bref, mais ro-
buste, son visage plein, sombre et sévère, annonçait la vigueur et la force,
et ses yeux d'un bleu pâle, encore que
petits, n'en lançaient pas moins un regard ferme et menaçant. Il ne portait
point de barbe, et ses cheveux noirs
et longs étaient surmontés d'un chaperon
noirâtre. Une cotte hardie de drap brun
qui cachait une chemise de maille, une
robe de drap sombre et fort amplé, tel
était son costume. Ils entrèrent dans
le souterrain du Juif, après avoir franchi
un assez long corridor plus ténébreux
encore qu'humide.

La salle souterraine était séparée en
deux par un grand rideau noir, et n'était
éclairée que par deux longues flammes
bleues et jaunes qui s'élançaient d'une

sorte de trépied. Moïse restait non loin,
entouré de ses chats et des hiboux aux
yeux étincelans ; l'ours léchait ses pieds
nus. A droite, était un grand tableau de
bois, peint de noir, entouré d'un long
chapelet de chauves-souris et de ser-
pens séchés, que surmontait une tête
de mort d'un blanc éblouissant, tant elle
avait été bien polie. En face du tableau
on avait placé un grand coffre de bois ;
les deux étrangers s'y assirent, et Mousque fixa son œil de lynx sur la figure du
plus petit, que la flamme magique revê-
tait alors d'une nuance verdâtre : le Juif
sourit lentement, et à ce sourire long et
progressif, les cheveux des deux hommes se mouillèrent de sueur.

— Que voulez-vous de moi, dit-il
enfin d'une voix brusque ? Il y a du sang
sur vos poignards et vos mains. Raoul
répondit :

— Tu dois savoir ce qui nous amène.

— Oui , la mort du duc d'Orléans !...
l'homme bref tressaillit.

— Cette mort s'accomplira-t-elle , de-
manda-t-il d'un air sombre?

— Elle est tracée au ciel , répondit
le Juif.... un long silence suivit.

— Explique-toi, Juif : que t'ont découvert les sciences mystérieuses , que
te disent les cieux? Balaam se prit à
hurler , les chats à gémir et les hiboux
à battre des ailes.

—Silence, et laisse faire à ton maître,
a répondu le négroman. Alors les flammes s'éteignent, et le rideau noir s'agite
violemment ; une obscurité profonde
règne dans le souterrain.

Mais bientôt , non ce n'est point une
illusion, le tableau noir s'éclaire peu
à peu, et un fantôme s'y dessine ; c'est
le feu duc de Bourgogne, il s'avance
lentement, pâle , immobile.

—Mon père! s'écrie l'homme au sombre chaperon, le fantôme a disparu.

Tenez, voici une salle de l'hôtel d'Artois,
maintenant plusieurs seigneurs y sont assemblés; ils tiennent conseil, je crois; celui-ci, c'est encore le feu duc; cet autre,
c'est son fils, le comte de Nevers: oh! quel
est celui-là? et qui pourrait-ce être, sinon
le beau duc d'Orléans! voyez plutôt sa
bonne mine, ses manières gracieuses et
courtoises; mais l'on discuste, je crois,
....Oui, paix!... tous les personnages se
meuvent et semblent se quereller; la
dispute, elle est vive.... Dieu! le duc
d'Orléans s'avance; il donne un soufflet
au comte de Nevers! oui, un soufflet;
Nevers veut tirer son épée, mais son
père, le prudent Philippe de Bourgogne, l'en empêche. Il a bien fait, oui,
c'est agir sagement.

Alors que le fantôme du duc d'Or_
léans avait donné le soufflet, un cri ter-

rible , un cri de rage, pareil au hur-
lement de Balaam , avait fait retentir la
voûte.

. — Par le sang de Dieu , dit le petit
homme en s'élançant vers le tableau....

— Calmez-vous, Monseigneur.

—Raoul!.. Le tableau s'éteignit...

Cependant voilà qu'une troisième scène
surgit , se déroule, brille et paraît. On
entend aussitôt les chants d'une viole ,
on est au bal , on danse, on rit , on
s'ébat. Quelle est cette belle et noble
dame assise à l'écart , écoutant les tendres propos de ce beau seigneur ? c'est
madame Marguerite , l'épouse du duc
Jean , dont vous voyez plus loin la figure sombre et sévère... La dame semble hésiter, mais enfin elle cède et se
laisse doucement entraîner par le duc
d'Orléans derrière la tapisserie...on entend le bruit de leurs baisers.

— Tu mens, s'écrie, furieux, Jean de Bourgogne ; tu mens, jamais Marguerite ne s'est livrée à l'infâme !...

—On l'a dit pourtant, répond une voix.

Repoussant Raoul, le duc s'élance vers le tableau ; mais le tableau recule, s'efface, et la main du duc ne touche que la froide tête de mort.... au même instant, des caractères de feu se dessinent et étincèlent. Au bas Raoul lit :

Conteret brachium peccatoris !

— Il écrasera le bras du pécheur, dit encore la voix.

— Le pécheur, c'est lui, murmure Jean-sans-Peur.

— Duc de Bourgogne, regarde ces lettres, décompose-les ; qu'y trouves-tu ? Novembre MCCCCVII, il écrasera le bras du pécheur ! Novembre 1407 ! Duc de Bourgogne, est-ce assez t'en dire ?

Alors le rideau s'écarte violemment,
et le souterrain s'illumine ; vingt têtes
bizarres qui semblent vomir des flammes, mêlent des lumières rouges à celles
du trépied, et le Juif reparaît vêtu d'un
costume de pourpre rehaussé d'or ; il
tient une verge d'une main, un livre
de l'autre, et devant lui sur une table
d'acier scintille un long poignard....

Le duc de Bourgogne sourit amère-
ment.... Le Juif lui montra le ciel. Un
immense soupirail avait été ouvert, et
laissait voir les cieux où quelques étoiles
alors étincelaient.

— En ce moment placée sur ce poignard, vois-tu cette pâle étoile qui semble se mourir ? c'est celle du duc d'Orléans ;... cette autre, si brillante, qu'on
la prendrait pour une petite flamme ;
c'est la tienne ; elle s'avance vers son
ennemie, guidée par l'astre impercep-
tible, qu'il n'est pas donné aux yeux

du vulgaire de pouvoir contempler....
Après demain cette brillante étoile aura
dévoré celle qui correspond au point milieu de ce poignard....

— Tu es un habile négromancien,
Juif, dit le duc après quelques instans
de silence.... .

Le Juif ne répondit pas, mais il laissa
tomber sur Jean-Sans-Peur un regard
dédaigneux.

— Raoul m'a répondu de ta discré-
tion : Moïse s'inclina.

— Tu peux compter sur ma protection. Elle est puissante, bientôt vous
allez être maître de ce royaume !

— Comment?

— Un seul homme vous en empê-
chait...La figure de Jean-Sans-Peur devint aussi sombre qu'une nuit d'orage...

— Tu devrais employer ton art à
guérir le Roi de la cruelle maladie qui
l'obsède.

— Je ne le puis, et ne le pourrai
jamais.

— Pourquoi ?

—Les destinées s'y opposent, et mon
art a des bornes.

— Il est vrai que la duchesse d'Orléans est grande magicienne, dit-on?

Le Juif regarda le duc, et dit :

— Elle est chrétienne....

Raoul tira de dessous sa casaque, une
lourde bourse de cuir et la posa sur la
table d'acier.

—Le prix du sang... murmura Moïse.

— Adieu, Juif, fit le duc, mais ajouta-
t-il d'un air menaçant, oublie ma visite...

— Je te reverrai, Moïse, a dit Raoul,
lorsqu'il mit le pied dans le corridor.

— Oui, et souviens-toi que je veux de
sa chair....

Quelle différence y a-t-il donc entre
ce duc et Balaam, se demanda Moïse,
quand ils furent partis ; mon ours du

moins est apprivoisé, mais ce Bourguignon! tient-il plus du boucher que du
bourreau.... du bourreau, il en fait l'office... sans le savoir.... Orléans, je t'ai
condamné, et le duc et son valet Raoul
vont exécuter ma sentence !... Enfin !...
Les traits du Juif s'allumèrent soudain, ses
membres tremblèrent, la fureur brilla
dans ses yeux creux : Il est sans doute à
cette heure près de Lia, pensa-t-il tout-
à-coup... mais j'aurai de sa chair !!!...

Le Duc de Bourgogne.

Je lui laisse la vie, car en lui je vois
quelque chose qui doit être fatal aux
Chrétiens.

BAJAZET, *Sultan des Turcs.*

RENTRÉ, Bourgogne se promène à
grands pas dans son cabinet. Octonville
l'épiait, suivait tous ses mouvemens comme le chat une proie imprudente. Le duc
ouvrit la fenêtre et regarda les cieux, puis
s'assit pensif sur un vieux coffre, la tête
appuyée sur sa main. Il tira tout-à-coup

de son sein une lettre, et la froissa avec une sorte de rage.

Raoul semblait jouir de ses maux....

— Il faut qu'il meure, le ciel et moi l'avons résolu : Combien d'hommes à l'image Notre-Dame ?

— Vingt-trois, en comptant Scas de Courteheuse, le valet du Roi.

— Tes mesures sont bien prises... surtout ne va pas faire comme cet imbécile de Craon qui ne s'avisa que de blesser le connétable... Ils sont sûrs, ils sont braves tes hommes ?

— D'anciens écorcheurs, presque tous !...

— Il ne s'agit plus que de fixer le jour... pas demain, c'est le jour de la réconciliation... et puis avant... je veux entrer dans ce cabinet où il place les portraits de ses maîtresses ; je veux voir jusqu'où peut aller l'effronterie et l'au-

dace ; je veux voir s'il a osé placer Marguerite au rang de ses prostituées!

—Avez-vous donc besoin de cette vue
pour oser nous ordonner sa mort?

— Non, car depuis plus de six mois
je suis résolu.... que dis-je, du jour où
mon père m'empêcha de venger le san·
glant affront qu'il osa me faire ici, dans
cet hôtel, sa mort fut jurée dans mon
cœur... je dis : ce soufflet lui coûtera la
vie! mais, n'importe, je veux voir ce
cabinet !

— Cela est facile, Monseigneur.

— Comment?

— N'allons-nous pas demain à l'hôtel
de Bohême? le duc d'Orléans vous invite à sa fête...

— Je l'avais oublié...

— Je saurai vous introduire dans ce
sanctuaire mystérieux, et vous y verrez
le portrait de Madame.

Une contraction terrible parut sur la figure de Jean–Sans–Peur.

— Je veux le contempler à loisir , ce portrait !... je ne sais pourquoi il ne me l'a pas encore fait voir ; que peut-il craindre? ne suis-je pas Jean-le-Simple, pour lui, le bon Jean! le rire inexplicable effleura sa lèvre pâle.

Raoul, tu n'oublîras pas ta promesse... le cabinet !... Je verrai aussi ces hommes , et ce Scas que tu as séduit... mais de manière à leur rester inconnu, s'entend.... Cet homme s'est toujours placé entre le pouvoir et moi... Tu peux te retirer, Raoul ; bon soir.

Il resta long-temps encore assis sur le vieux coffre , dans une rêverie si profonde , qu'il ne sentait pas le froid piquant de novembre, qui agitait la croisée et faisait ramper la flamme mourante du foyer, semblant découper sur

les murailles nues , des fantômes et des
formes incertaines et hideuses ; elles semblaient danser une ronde infernale autour de Jean-Sans-Peur : on eût dit un
sabbat silencieux. Le vent modulait des
sons bizarres et lugubres ;... on aurait pu
croire entendre des rires mêlés à des
sanglots... Le duc se leva frissonnant ,
ferma la fenêtre, et jeta un fagot dans
l'immense cheminée.

Il se promenait, et ses pas de plus en
plus agités faisaient retentir la vaste chambre.—Ce Raoul, qui croit être pour moi
un démon , qui croit me pousser à me
défaire de mon parent , d'un prince du
sang royal de France! ce misérable me
fait pitié, et sans la vengeance inextingui-
ble qui me dévore, il me ferait horreur !..
serait-ce pour son injure qu'un si noble
sang devrait couler !..mais il le fallait : lui
ou moi !... Puis-je l'appeler en champ-
clos , puis-je le faire condamner ? et ce-

6

pendant le bien du pays n'exige-t-il
point sa mort ? n'écrase-t-il pas le
pays d'impôts, n'est-il pas haï de ce
bon peuple de Paris; ne l'accuse-t-on pas
d'être la seule cause de l'horrible maladie
du Roi ?... et puis son commerce avec
la Reine !... il est maudit par la France
entière... N'importe, je ferai sanctionner
sa mort par mon conseil...oui..L'horrible
jour pour moi que celui-ci ; dans peu
d'heures nous allons donc jurer de sa-
crifier nos haines !... nous mangerons
ensemble l'épice !... Il faudra bien que
mon confesseur me donne l'absolution
après tout... Cette réconciliation n'est
sans doute pas plus sincère de son côté ;
je serai toujours pour lui le bon Jean,
digne d'étaler des viandes au châtelet !...

Il s'assit, et retomba encore dans la
rêverie. — Le Juif avait raison !...

En cet instant un gémissement lugubre se fit ouïr ; le duc tressaillit et devint
blême...un épagneul vint se coucher à ses

pieds.—Ah ! c'est toi, Boréus , c'est toi,
mon bon chien ; mais que viens-tu faire
ici ? me rappeler que tu es né le jour...
le jour qu'il me donna un soufflet ! Il
repoussa le chien du pied avec violence..... Dormir! je ne le pourrai pas,
impossible, je ne le pourrai pas !.....

Le jour vint , le duc de Bourgogne
était encore assis rêveur sur le vieux
coffre.

Louis d'Orléans et la Juive.

Toute votre personne a quelque chose en elle
De si doux pour le cœur,
Que lorsque vous venez, jeune astre qu'on admire,
Eclairer notre nuit d'un rayonnant sourire,
Qui nous fait palpiter,
Comme l'oiseau des bois devant l'aube vermeille,
Une tendre pensée au fond des cœurs s'éveille,
Et se met à chanter!

VICTOR HUGO.

QUELQUES heures avant que le duc
de Bourgogne se fut rendu chez Moïse
Mousque, le duc d'Orléans, parfaite-

ment déguisé, allait par les rues seulement suivi de son page Jacob et d'un seul valet de pied. Le page était mécontent, car il aurait bien voulu que son maître eût pris un autre chemin ; celui de l'hôtel Barbette, par exemple : ce ne sera que pour demain, se disait-il en soupirant. Monseigneur se damnera avec cette Juive ; aimer une juive, mon Dieu !

Il y avait dans la rue de la Vannerie une maison assez grande, située entre deux cours, et dans cette maison il y avait une jeune fille ; c'était là que Louis d'Orléans se rendait en toute hâte.

Ce prince était sans contredit le sire le plus aimable et le plus gentil de la cour ; il avait autant d'esprit que de grâce, et bien que prince, plus d'instruction que d'esprit ; c'était un savant clerc pour son temps ; à tout cela se joignaient la figure la plus séduisante,

la mieux séante courtoisie, la nais-
sance, le rang, le pouvoir; car appuyé
de la reine Isabelle, et à cause de la maladie du Roi, il était alors tout puissant ;
il régnait en un mot. Mais on lui reprochait, et avec raison, d'aimer trop
les plaisirs, et d'être plutôt moine que
bon chevalier. C'était, dit Brantôme,
un grand débaucheur de femmes, et
des plus grandes de la cour. Prodigue
de l'argent des peuples, rien ne lui coû-
tait pour se satisfaire, et avec cela il affi-
chait le plus profond dédain pour les
ribauds, c'est-à-dire pour les gens qui
payaient. Il professait le plus superbe
mépris pour l'opinion, et il était aussi
détesté du petit peuple, que le duc de
Bourgogne, son rival, en était aimé.
D'une grande insouciance, d'une gaîté
encore plus grande, son insouciance,
et sa gaîté lui avaient peut-être fait autant
d'ennemis que son libertinage, bien qu'il

fut effréné ; et ce n'est pas peu dire.
De plus, il avait eu deux torts impar-
donnables au temps qui courait : celui
de traiter l'université avec hauteur, et de
repousser avec dureté ses plaintes ; et celui, encore plus grand, de mépriser le duc
de Bourgogne, dont il ignorait l'orgueil,
l'ambition profonde et la tenacité ; du
reste Louis était un charmant seigneur,
aussi dévot que libertin.

Une petite chambre de la maison dont
nous avons parlé plus haut, était meu-
blée avec une richesse et un goût que
n'aurait point dédaignés une reine, voire
même la reine Isabelle de Bavière, si
coquette et si aimant tant le luxe, qu'elle
avait inventé les robes à la Grand'gore,
et portait des chemises de toile. Ce retrait n'avait qu'une croisée haute et peu
large, fermée de fil d'archal et d'un
treillis de fer. Il était tout tapissé de
damas d'un rouge de feu, et avait plu-

sieurs armoires de bois d'Irlande sculp-
tées en ogives. Un sopha rouge à la tur-
que meublait un des côtés ; vis-à-vis
un grand miroir d'acier dessinait ses
contours éblouissans, et en face de la
porte, était une gloriette ou table de
toilette, marquetée d'ébène et d'autres
bois précieux. Des herbes aromatiques,
séchées avec soin, jonchaient le sol,
et mêlaient leurs senteurs à celles qu'exha-
laient deux vases d'argent où se con-
sumaient de vaporeux parfums. Quatre
lampes d'airain pendues au plafond ou-
vragé, par des chaînes de même métal, éclairaient ce petit sanctuaire avec
une sorte de pudeur et de mystère, car
on les avaient enveloppées d'une étoffe
rose, mince et claire, au travers de
laquelle la clarté s'échappait. Mais le
plus bel ornement, sans aucun contredit, de ce charmant asyle, était une jeune
femme à demi-couchée sur le sopha,

la tête appuyée sur le revers de sa main,
d'une blancheur rosée, qui faisaient res-
sortir les longues tresses pendantes et
noires tombant à flots sur un front pur,
admirablement contourné, sur un cou
flexible où serpentaient de longues veines, et où brillait comme une pierre
précieuse un petit signe duisant. Qu'elle
était belle et gracieuse, cette jeune femme ! belle comme une fleur murmu-
rante, gracieuse comme un premier
rêve d'amour ! Un turban bleu, orné
de perles, serrait négligemment le haut
de son front ; une longue robe blanche
laissait tomber avec nonchalance ses
longs plis, mais permettait au regard de
voir un petit pied plus blanc que l'ivoire,
et que des lacets bleus entouraient en
serpentant ; une écharpe brodée d'or
tombait du turban, et venait indiquer
et assouplir encore une taille aussi légère
qu'harmonieuse. Mais qui pouvait sans

frémir rencontrer le regard s'échappant
de ces beaux yeux brillans d'une flamme
humide, douce, qui semblait tomber
à travers un voile de longs cils noirs !
et ce sourire qui n'avait rien d'humain,
qui faisait mal, ce sourire mol et éni-
vrant qui se jouait sur des lèvres d'un
rouge vif ! tous ces traits empreints d'une
sorte de volupté virginale, d'une sorte
de parfum d'amour ! c'était Lia, cette
jeune femme !

Et c'était vers elle que, malgré une
sorte de remords, revenait Louis d'Orléans. En dépit de son inconstance, les
attraits de la charmante juive le cap-
tivaient toujours. C'était celle qu'il avait
le plus aimée, qu'il aimait encore le
plus. Oui, en dépit de lui-même il revenait vers elle de plus en plus énamouré.
En vain la dame de Canny déployait-elle
tous ses charmes, envain s'était-il dit
qu'aimer une juive était peut-être la cause

de la terrible vision du cloître des célestins, il revenait encore, il revenait
toujours ; son cœur l'aimait autant qu'il
pouvait aimer ; car alors il avait la dame
de Canny, et disait-on, la reine. Mais
cependant, qu'était-il cet amour ou
plutôt cet énivrement passager auprès
de la passion qui consumait la belle
juive ? elle aimait Louis de toutes les
forces de son cœur, et elle l'aimait pour
lui, elle l'aimait malgré son inconstance, ses absences, son passager mais
cruel abandon ; elle l'aimait dans les
pleurs comme dans les joies de l'amour ;
elle lui avait tout sacrifié, sa famille,
sa religion, ses remords et jusqu'à son
orgueil ! elle avait mis en lui son bonheur, ses espérances, sa douleur et sa
vie ; elle l'aimait enfin comme la co-
lombe aime son nid ; la biche son
faon ; le ramier sa compagne ; l'écu-
reuil un doux feuillage ; elle l'aimait

comme sait aimer une jeune fille quand
elle aime pour la première fois, quand
elle aime pour toujours!

Louis entra..... la belle Juive se lève,
et son premier mouvement est de se jeter
dans les bras de son amant; mais elle
s'arrête, une larme roule dans ses beaux
yeux :

— Louis, il y a long-temps que vous
n'êtes venu!

— Lia!.... ma chère Lia!

— Que me veut-il, monseigneur! et
elle se fut asseoir à l'autre extrémité du
sopha.... Il se prit à rire.

— Méchante!.... tu sais bien que je
t'aime, et ne puis aimer que toi.

— Moi et la dame de Canny.

— Ah! tu ne le crois pas, Lia! Que
prouve, après tout, une erreur passa-
gère; je ne l'ai jamais aimée.... quelle
femme pourrait l'emporter sur toi en
grâce, en beauté!

—Aucune en amour du moins.... mais c'est une puissante dame, et moi je ne suis qu'une pauvre Juive.... Alors qu'importe que je pleure, que je reste seule avec mes chagrins! Louis, vous ne savez pas aimer!

— Je te dis.... que je t'aime, et n'aimerai jamais que toi; j'ai passé ces derniers jours au couvent des Célestins, ainsi tu vois l'injustice de tes soupçons... et il jouait avec les longues tresses noires de Lia.

Lia.... si la première épouse de Jacob avait eu ta beauté, le patriarche n'eût point songé à la tendre Rachel.

— Monseigneur, je n'aime pas vous entendre parler ainsi.

— Il est vrai, il me vaut mieux te répéter encore que je t'aime.... Regarde, c'est ta lettre, elle est sur mon cœur; j'ai tout quitté pour toi, même mon Dieu!... Un regard fut la réponse de Lia.

— Mais la dame de Canny, dit-elle encore d'une voix tremblante.

— Elle est blonde, et, tu le sais, je
n'aime.... que les brunes.... Son bras en-
tourait la taille voluptueuse de la jeune
incrédule....

A force de lui répéter qu'il l'aimait,
elle le crut ; c'était alors comme aujour-
d'hui : femme qui aime a bien de la foi...

— Monseigneur , reviendrez - vous
bientôt ?

— Demain, Lia!.... et il sortit plus
amoureux que jamais.

Mais le duc avait à peine fait quelques
pas dans la rue, qu'il se dit : Dussé-je
me damner, je veux jouir encore de sa
présence.... Ma foi, la dame de Canny
aurait tort de veiller, le père Poquet aura
beau me prêcher, la mort elle-même
revenir.... Je crois que cette petite syrène
m'a donné un philtre.... je l'aime véritablement, plus que je ne pourrais dire....

Il retourna près de la belle Juive que Jacob maudit mille fois, obligé qu'il était d'attendre son maître, dans la chaste compagnie d'une vieille matrone.

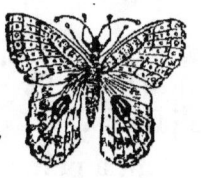

Les Routiers.

Ce sont des hommes qui marchent à leur victime au milieu d'un salon, qui bravent tous les dangers pour pénétrer jusqu'à elle ; qui portent droit au corps, et qui dispensent un homme d'une deuxième salutation. Parmi nous on les considère comme l'avant-garde de l'enfer. Si Méphistophèles a une idée de ce genre, nous partons à son signal, et nous le servons chaud.

Schiller.

Moise Mousque s'était enfin rendu dans une des rues les plus sales du sale Paris d'alors, au risque cent fois d'être

volé, battu, noyé dans un trou fangeux,
sinon pis encore. Il s'était déguisé prudemment sous des haillons, et muni d'un
bâton ferré, il était parvenu, non sans
peine, à la porte d'une sorte de besoigneu-
se échoppe. Il était plus de deux heures
de la nuit, et cependant une faible lueur
poindait au travers des fentes de cette
porte. Mousque y frappa d'une manière
particulière. D'abord on ne répondit pas,
mais Moïse ayant recommencé, une voix
aigre prononça : *Sciboleth ;* Moïse répondit : *Sciboleth....* Alors la porte s'ouvrit à moitié, et il entra, ou plutôt se
glissa, dans l'intérieur de cette demeure
misérable. Une seule lampe, grasse et
fumante, l'éclairait à peine, et bien que
l'on fut à la fin de novembre, il n'y avait
pas de feu.

Une espèce de femme, au visage jaune
et ridé comme un vieux papyrus, s'était
reblottie dans un coin, et un vieillard,

assis dans l'endroit le plus sombre, restait encore immobile....

— Je n'ai pu venir plutôt, Jonathasius;
mais j'apporte de bonnes nouvelles.... Le
vieillard se contenta de montrer une es-
cabelle à Moïse.

Je quitte le duc de Bourgogne, Jonathasius.... Le vieillard regarda Moïse.

Jonathasius, nous serons vengés....
Les yeux du vieillard, jusqu'alors morts,
s'allumèrent, et devinrent semblables à
ceux d'un chat-pard.

Il mourra, celui-là qui séduisit Lia.

— Ne prononce pas ce nom ici, Moïse,
répondit précipitamment la voix aigre
du vieux Juif...... Mousque l'instruisit
alors de son entrevue avec Raoul, et de
la scène qui venait de se passer dans sa
cave.

Durant cette longue conversation, qui
avait lieu dans le langage des Hébreux,
les deux amis avaient plusieurs fois placé

réciproquement leur petit doigt dans la
main présentée amicalement, selon la
coutume de leur nation, se témoignant
par là leur affection et leur conten-
tement.

La vieille semblait dormir, cependant
elle écoutait ; mais Jonathasius :

Abigaïl , donne la coupe de mes
pères, et place devant nous la petite table.... Abigaïl ouvrit un vieux coffre, et
tira de son double fond une grande coupe
d'argent doré ; elle la pose, sans mot
dire, sur la petite table, à côté d'un grand
pot de terre plein d'un vieux vin cuit de
Bourgogne, donne les fruits confits, les
oublies, et retourne à sa place, mais non
sans avoir fixé à plusieurs reprises ses
énormes lunettes sur Moïse.

— Le seigneur m'a donc exaucé, se
disait le vieillard, je ne me suis point en
vain vêtu d'un sac et couvert de cendres...
Depuis ce jour où Lia, où ma fille cri-

minelle s'enfuit, quitta son vieux père
pour habiter avec un chrétien, un infâme, un débauché, je n'ai pu trouver une
larme dans ma prunelle tarie.

— Bientôt, lui répondait Moïse avec
un sourire infernal, bientôt nous serons
satisfaits.

— Et que deviendra-t-elle alors? dit
Jonathasius après une courte pause....

— D'après nos lois, elle mérite plus
que la mort, répondit froidement Moïse.

La vieille tressaillit.

— Oui, reprend le patriarche.... mais
elle a sans doute quitté la religion de ses
pères.... elle, ma fille!

— C'est probable.

— C'est faux, interrompit la vieille
femme d'une voix aigre, comme le cri
de la souris-chauve, le murmure de la
chouette.

— Eh! vous ne dormez plus, dame
Abigaïl.

— On calomnie l'enfant, Moïse, on le calomnie ; jamais, non jamais, un enfant que j'ai élevé ne trahira nos saintes lois.

— Vous devriez vous taire, femme ; mais, Jonathasius, je te le redis encore, si ta fille se repent, si elle n'a point quitté le culte du seigneur, je consentirai, par égard pour toi, à lui donner le nom de mon épouse.... Une affreuse, une amère joie ridait la figure de Moïse.

— Mon fils, elle t'était destinée.... Sa tête tomba sur sa poitrine.

Abigaïl s'approcha, et leur lança un regard qui s'échappait flamboyant de ses yeux creux dépourvus de sourcils.

A cet instant, on put ouïr un bruit furtif. Le vieillard tressaillit, et relevant avec inquiétude sa tête appesantie, écouta.... Vous avez vu quelquefois un chien étendu nonchalamment, les yeux demi-fermés, au seuil d'une porte, par un beau

soleil ; se fait-il un son inattendu, il lève
à demi la tête, écoute, regarde : ainsi du
vieillard....

Mais le bruit approchait... tout à coup
on frappe un coup violent.

— Ha! ha! fit une voix rude, de la
lumière encore, après le couvre-feu!
Ouvrez au guet de nuit, ouvrez!

— Silence, mes amis, dit Jonathasius
tremblant de tous ses membres, ne bou-
geons pas; il a dit, et, tandis qu'Abigaïl
serre précipitamment la coupe, il éteint
la lampe.

— Ouvre donc, chien de Juif, continue la voix.

— Nous aurons plutôt fait d'enfoncer
la porte, dirent en chœur plusieurs
autres.

Deux ou trois violens coups de masse
suivirent.... la porte saute, et Jean Cordelant, la Rescousse, la Motte, et deux
ou trois autres routiers se précipitent.

— Nous le tenons le pourceau, le vieux Crésus, s'écrie l'écolier en haussant sa torche de manière à éclairer ses compagnons armés, et semblables à de noirs démons se préparant à torturer des ames.

— Le vieux renard avait éteint sa lampe.

— Regardez donc cette belle.... ha! ha! ha!

— Certes, on ne la violera pas !

— Eh! l'ami! voyez donc cet autre hibou.

— Deux au lieu d'un.

— Bras de Dieu! tant mieux, deux rançons au lieu d'une !

— Oui, ventre-de-Dieu! la vieille par dessus le marché, il faut être généreux.

— Part la mort-Dieu! la bonne idée que j'ai eue là, dit Cordelant, au moins il nous sera profitable cette fois le passe-temps.

— Et puis il faut prendre l'air, ajoute la Motte, en agitant sa lourde masse d'armes comme si elle n'eût été qu'un roseau.

— Oui, prendre l'air et l'argent, dit un autre écorcheur.

— Un moment, messieurs, a fait observer la Rescousse, procédons avec ordre et silence, car la nuit ne dure pas toujours.... et puis il faut de l'ordre en tout, ainsi laissez-moi dire et faire.

Jonathasius était demeuré immobile ; sa terreur ne connaissait plus de bornes ; il tremblait, mais non pour lui, il tremblait pour son or. La vieille s'était cachée dans le coin le plus obscur, et semblait voir, non des hommes, mais des diables ou des porcs salés. Mousque avait été plus maître de lui.

— Allons, digne Juif, sois raisonnable, et fixe ta rançon de manière à ce que nous n'ayons pas besoin d'employer les

tortures : on nous a dit que tu étais riche, et que cette sale demeure était pleine
d'or ; allons, combien vas-tu nous donner?

Le Juif poussa un profond soupir, et,
prenant de la cendre du foyer, il la répandit sur sa tête....

— Noùs aurions plutôt fait de commencer par lui briser les os, murmura
un routier.

— Veut-il donc, tonna la Motte, que
j'essaie si son crâne jaune est plus dur
que ma bonne masse?

— J'ai presque envie de lui faire avaler
le manche de ma dague, dit encore l'é-
colier.

Mousque voyait qu'il était temps de
parler, s'il voulait empêcher la mort de
son vieil ami, et peut-être la sienne.

— Arrêtez donc, s'écria-t-il! arrêtez,
au nom de monseigneur le roi et de monseigneur le duc de Bourgogne!... Je vous

déclare, messires, que je suis sous leur protection spéciale, et que j'y mets cet homme et tout ce qui lui appartient.

— Ha! ha! ha! répondirent les routiers pouffant de rire.

— Toi!... protégé par le duc de Bourgogne, dit avec mépris Cordelant.... sais-tu que tu parles à un de ses confidens, sais-tu que tu parles à un homme qui.... Est-ce que tu n'es pas Juif, ne t'avons-nous pas trouvé avec un Juif? et monseigneur de Bourgogne te protége? ha! ha! ha!... tu paieras, pour ton impudence, double rançon, mon digne enfant d'Abraham et d'Isaac.

— D'ailleurs, qu'est-ce que ça ferait qu'il fût protégé par le Bourguignon, dit en grognant un des hommes?

— Ça ferait pourtant quelque chose, l'ami, lui répondit Cordelant, car alors il ne me plairait peut-être pas que ta main crochue touchât un seul poil de sa barbe, entends-tu?

— Allons, allons, la paix, dit la Rescousse, et commençons : que deux d'entre vous enfoncent les coffres et les armoires, tandis qu'aidé de la Motte et de Cordelant, je vais faire chanter l'Israélite.

— Me prends-tu donc pour un bourreau, mon digne bâtard? je suis un écolier de l'université !

— Ne fais donc pas le seigneur, messire de la paille.

— Foi d'écolier!...

— Silence !... Juif, pour la dernière fois, dépêche : deux cents écus d'or au soleil pour toi, et quatre cents pour le protégé du duc de Bourgogne, heim?... c'est avoir de la conscience. Donne cette somme, et, foi de routier, il ne sera pas touché à un seul de tes cheveux cras-

seux.... six cents écus, ou, par les entrailles de Jésus-Christ, ta passion va commencer : or sus, choisis et vite.

Il achevait à peine , que la Motte
préparait des cordes , et qu'un autre
allumait du feu...

— Quant à toi, si tu n'indiques pas
de suite où sont cachés ses trésors ,quoi-
que protégé spécialement par le duc de
Bourgogne, tu n'en seras pas moins pendu
à cette poutre, et cela dans un instant;
réfléchis.

Le vieux Juif, pendant cette scène,
n'avait pas remué les lèvres , au contraire il serrait avec force ses dents
l'une contre l'autre, comme s'il eût voulu empêcher ses soupirs d'être enten-
dus , et ses yeux suivaient avec inquiétude tous les mouvemens des bandits
qui fouillaient l'armoire et les coffres.

Mais tandis cela , l'écolier de l'université s'amusait à piquer la vieille de

la pointe de son poignard , en riant
aux éclats. La pauvre vieille poussait des
cris affreux, et courait de toute la vitesse de ses jambes décrépites dans tous
les coins de l'échoppe. Deux écorcheurs
vidaient à sa santé le reste du pot de
vin cuit , et un autre accrochait à la
poutre une corde , à laquelle il avait eu
la précaution de faire un nœud coulant.
Seul , de tous les personnages de cette
scène , une jeune chat se ramassait tranquille dans un coin de la cheminée , et
faisant entendre un doux murmure, contemplait d'un œil luisant les apprêts san-
guinaires de ces damnés routiers.

Cependant Moïse ignorait l'endroit
où Jonathasius avait mis ses angelots,
et c'était en vain qu'il s'efforçait de lui
faire entendre qu'il valait beaucoup
mieux donner six cents écus que de
périr dans les tourmens ; le vieux restait toujours muet, à peine s'il semblait

l'écouter, fermement résolu qu'il était, de mourir plutôt cent fois que de donner un seul écu à ces maudits. Moïse Mousque, que le fatal nœud coulant inquiéte, redouble envain d'éloquence ; supplications, prières, rien n'émeut l'obstiné vieillard : Moïse va même jusqu'à promettre de lui rendre la somme, il est sourd....

— Sois éloquent, aussi éloquent que Cicero, ou tu seras pendu, lui disait de temps en temps l'écolier... un nœud coulant fait pourtant des merveilles ; quand tu seras accroché, il ne sera plus temps. A la fin impatienté, furieux de l'inutilité de ses efforts, Mousque indique le double fond aux écorcheurs ; une hache le brise, et l'on y trouve la coupe antique et quelques autres pièces d'orfévrerie. Les compagnons se précipitèrent dessus, poussant des cris de joie.... Un gémissement lugubre s'est

échappé de la poitrine du malheureux
Jonathasius ; il se lève rempli d'une
sainte fureur, et veut se jeter au milieu des compagnons ; mais on l'arrête,
on le dépouille de ses vêtemens, on le
garotte de mille nœuds.

— Tripes de Dieu, cher sire, cela t'a
réveillé, dit Cordelant, joyeux de la trou-
vaille.

— Nous sommes justes, beaux Juifs,
et nous nous contenterons de cinq cents
écus maintenant...Le vieillard avait repris
sa taciturnité ; mais Moïse poussant un
cri de désespoir, essaya de s'échapper...
un routier lui appuya sa lame sur la
gorge, et le força de se rasseoir.

Cependant la vieille criait :

— Au guet ! au meurtre ! au feu !

— Tais-toi, chienne, ou je te vais
faire avaler tes boyaux, lui hurla épou-
vantablement le nourrisson d'Aristote !
mais un écorcheur lui dit :

— Jean, tu ne sais pas encore faire
taire ces éternelles pies, tu n'as pas été
routier. Il s'avança sur la malheureuse,
la saisit, et lui déchargeant un coup
de poing sur la nuque, la lança à terre,
comme il eût fait d'un morceau de
bois.

Je t'assure qu'elle ne chantera plus
d'un heure d'ici....

— De l'argent, vieux caïphe, criait la
Rescousse à l'impassible Jonathasius,
de l'argent? ah ! tu ne réponds pas...
on va te faire ouvrir la bouche. Deux
d'entre ces honnêtes gens pressèrent
alors, en les ployant, les pouces du
vieillard dans leurs mains, pareilles à
de fortes tenailles, tandis que d'autres
lui brûlaient la plante des pieds avec des
tisons flamboyans ; la Motte, par déri-
sion, jouait aux dez, sur sa poitrine nue,
sa part du butin.

Malgré sa stoïcité, la douleur fut la

8

plus forte , il se mit à pousser des cris affreux....

— Ah ! tu chantes , maintenant , dit la Rescousse , qui dans cette scène horrible, était tout à la fois juge et bourreau : de l'argent donc, misérable païen, de l'argent !

— Je n'en ai point.

— Non ?... continuez , amis... et toi , tu vas nous dire à l'instant, à l'instant même , où est la cachette de son or ? ou... il montra la corde qui se balançait à la poutre.

— Je l'ignore , messires , sans cela je vous l'aurais déjà découverte ; n'ai-je point fait ainsi du double fond ?

— Qu'on le pende !... On avait mis en guise de bûche, les tibias de Jonathasius dans le feu ; un écorcheur, jovial de sa nature , prit soudain la vieille et la mit de l'autre côté, les jambes posées sur celles de son maître, comme

l'on eût pu faire d'un second morceau
de bois :

—Ça la réveillera...

Cette heureuse plaisanterie fut accueillie
par d'unanimes éclats de rire. Cependant
les hurlemens des victimes se mêlaient aux
cris : de l'argent! de l'argent! que vocifé-
raient les compagnons, et aux cris de rage
de Moïse qui se défendait comme un
lion; mais déjà pourtant on allait lui passer
le nœud fatal, alors que des torches
illuminèrent soudain la rue sombre. Un
écorcheur s'élança :

— Aux armes, dit-il, c'est le guet!...
Ce n'était point le guet, mais bien un
seigneur et son escorte.... par hasard il
passait non loin, quand les cris des
torturés, mêlés à ceux des voisins qu'ils
avaient éveillés, l'attirèrent assez à temps
pour empêcher la pendaison de Mousque. Mais les routiers n'étaient pas hom-

mes à craindre un combat, ils savaient
trop bien jouer du sabre et de la dague :

— En avant, camarades, criait Jean
Cordelant, pour l'université et Bourgogne ! pour le diable et ma bonne
épée !

— Ah ! ma fidèle, dit la Motte, tu
vas en jouer !

— N'oubliez pas d'emporter les pièces
d'argenterie, vous autres, disait la Rescousse d'un voix de tonnerre, à ceux
qui allaient pendre Moïse...

— Nous protégerons votre retraite,
pardieu ! en avant ! en avant !

Tous s'élancèrent alors dans la rue,
en poussant des cris affreux, et l'on
n'entendit plus qu'un bruit confus d'armes, de vociférations et de gémissemens.

Cependant Moïse Mousque, libre des
écorcheurs, avait repris son sang-froid,
et il était parvenu à refermer la porte de
l'échoppe à l'aide d'un banc de bois.

La Réconciliation.

On nous réconcilia ; nous nous
embrassâmes ; et depuis ce temps là
nous sommes ennemis mortels.

ASMODÉE.

UNE foule de peuple se mouvait,
comme un lac agité , devant l'église des
Augustins. On pouvait y distinguer des
bourgeois, des hommes d'armes, quelques moines, beaucoup de femmes, des
pages, des valets de seigneurs. Les ducs

d'Orléans et de Bourgogne y commu-
nient ensemble à la grande joie du peuple , assez nigaud pour espérer de cela
un peu de soulagement à ses maux. Cependant comme le matin encore les gens
du duc d'Orléans avaient exercé un
droit de prise sur les marchands et four-
nisseurs , les bourgeois murmuraient et
contre le duc d'Orléans et contre la
reine, qu'ils appelaient irrévérencieuse-
ment la grosse allemande et la grande
gaupe. Il faut savoir que ce droit de
prise , presque aussi odieux au peuple
que les tailles et gabelles, était tel, que la
reine , le frère et les oncles du roi en-
voyaient prendre tout ce dont ils se
trouvaient avoir besoin pour l'entretien
de leur maison , comme viandes , fruits,
fourrures et draps , au prix qu'ils y met-
taient eux-mêmes ; encore ce prix était-
il le plus souvent payé à coup de boulaies ou d'étrivières : aussi violens mur-

mures, et souvent révoltes et coups.
Quelques bourgeois, et surtout Jean
de Troyes, chirurgien de la cité, dé-
clamaient alors tout haut contre le duc
d'Orléans, soutenus qu'ils se voyaient
de plusieurs moines.

Mais le peuple, d'un commun accord, bénissait le duc de Bourgogne,
à qui déjà il allait devoir l'abolition de
ce droit de prise. De plus, il espérait
devoir bientôt encore, à sa présence à
Paris, d'autres bienfaits. Il faut le dire,
le Bourguignon était chéri du petit peuple, et surtout de l'illustre corporation
des bouchers.

On pouvait remarquer entre tous,
dans cette foule animée, deux personnages : Jacob de Merre et Jean Cordelant ; celui-ci se démenait, comme un
possédé, et pérorait comme un doc-
teur, en faveur du duc Jean, tandis que
déjà Jacob avait cru devoir jouer de

la houssine, et corriger plusieurs vilains de l'insolence de leurs propos. Mais appuyé contre le mur du portail, Octonville, sombre et ironique, caché sous les plis d'un longue robe, laissait errer ses yeux sinistres sur cette masse populeuse, flottante : il semblait là un ange de mort.

Cependant les cris : les voilà ! les voilà ! annoncent la fin de la messe... Il se fit cette sorte de silence vivant, palpitant, qui règne sur une foule dans l'attente. Bientôt le cortége parut. Voici les ducs d'Orléans et de Bourgogne ; le duc d'Orléans toujours gracieux, riant, moqueur, causait, dans sa folle insouciance, avec les seigneurs de sa suite, ne faisant nulle attention au peuple. Le Bourguignon au contraire, quoique sévère, sombre encore, affectait de sourire à tous ceux qui se pressaient pour le voir. Ils se tenaient par la main, et s'avançaient vêtus magnifiquement de robes de soie blanche, brodées de fleurs de lys et doublées d'hermine , avec de longues manches à franges d'or qui balayaient la terre ; leur cotte - hardie était de drap écarlate , serrée par une ceinture de cuir noir , surchargée de clous étincelans. Le duc d'Orléans portait une chaîne d'or, d'où pendaient les insignes du bâton noueux ; le duc de Bourgogne aussi une chaîne d'or, mais avec les insignes du rabot. Auprès d'eux allaient , tout joyeux de cette paix, les ducs de Berry et de Bourbon , et le roi de Sicile duc d'Anjou , cousin - germain du roi ; puis derrière eux, le frère de la reine, les comtes de Clermont, d'Alençon , de Nevers , princes du sang ; le connétable Charles d'Albret, qui alors ne se doutait guère qu'il devait périr à la fatale journée d'Azin-

court; le chancelier Arnaud de Corbie ;
le maréchal de Rieux ; l'amiral Clignet
de Brabant, un des favoris de Louis
de Valois ; le comte de Saint-Pol ; et
le surintendant des finances, sire de
Montaigu qui, deux ans après, devait
avoir la tête tranchée aux halles... Oui,
ce même peuple ira contempler son cadavre pendu au gibet de Montfaucon...
Il me semble déjà le voir avec sa hou-
pelande, mi-partie de rouge et de blanc,
la coiffure de même, les chausses aussi,
l'une rouge et l'autre blanche, allant
à son supplice... Mais maintenant il est
gai, tout puissant, et cause avec son
frère l'évêque de Poitiers, un des flat-
teurs du beau duc d'Orléans... Ce fut
alors que le regard de Jean-Sans-Peur
rencontra celui de Raoul ; il vit sur
cette figure expressive une teinte d'ironie terrible... le front de Jean se chargea

de nuages, ses yeux brillèrent soudain, ses sourcils se froncèrent : Raoul fut content.

Mais les lardons avaient continué de pleuvoir sur d'Orléans, et chacun pouvait remarquer l'aigreur du maître des grandes boucheries du châtelet , Saint-Yon ; il est vrai que ce matin même , les preneurs du duc avaient saisi toutes ses viandes , et qu'il se rappelait ce jour, qu'après une pareille prise , il avait été demander de l'argent à l'hôtel de Bohême : on l'en avait chassé à grands coups de fouët !...

— Quand donc , disait-il , ce maudit bâton noueux sera-t-il bien plané par le rabot ; pour moi je donnerais de grand cœur une chandelle grosse comme mon corps, et de mon meilleur suif , pour que bientôt.... Il ne put achever, car la houssine du page tomba sur sa figure.

— Vilain, ose-tu bien dire ainsi?

— Frapper un bourgeois du roi, hurla Saint-Yon furieux!

— Voudrais-tu donc que je souillasse ma dague?

—Le page du diable, cria la foule, le débaucheur, l'enragé; frapper ainsi un bourgeois!

— Voyez donc, dit Jacob à l'écuyer du Châtelier, les ribauds qui s'émeuvent! Les murmures redoublèrent, et Jean Cordelant parut.

—Qui ose donc frapper ainsi un bourgeois, et comment, Saint-Yon, ne lui as-tu pas ouvert déjà le ventre avec ton grand couteau, comme à un veau qu'il est?

Les joues pourpres de colère, le page leva encore sa houssine, mais Châtelier l'arrêta; Cordelant tira sa longue dague.

— Oserais-tu donc frapper un écolier de l'université!

— A l'eau! l'enragé de page, murmuraient plusieurs voix.

— Voilà la seconde fois que je vois ce misérable, s'écria Jacob.

— Fasse ton bon ange que tu ne me revoies pas une troisième !

— Voleur de nuit , tu crois pouvoir venir te montrer ici ; ah ! bientôt un bon gibet mettra un terme à tes prouesses.... L'écolier colérique allait, au grand plaisir de ceux qui l'entouraient, se précipiter sur Jacob , lorsque Raoul lui saisissant fortement le bras , l'entraîna soudain.... et bientôt les murmures de ceux que le page avaient offensés furent couverts par les cris de : Vive nos Seigneurs d'Orléans et de Bourgogne ! qui accompagnèrent le cortége jusqu'à l'hôtel de Nesle qu'habitait le duc de Berry,

où les deux rivaux devaient manger l'é-
pice ensemble , afin que la réconciliation qu'ils venaient de jurer sur la sainte
hostie, fut pleine et parfaite.

Les deux Cousins.

Etéocle et Polynice.

« Le rouge et le noir. »
STENDHALL.

ASSEMBLÉS dans la grande salle de
l'hôtel du duc de Berry; une vaste chambre voûtée en ogive, pavée de car-
reaux de pierre, blancs et noirs, re-
couverts de nattes, murailles assez gros-
sièrement peintes en briques, et qui
n'étaient ornées que de lourdes et maus-

9

sades statues de pierre ; les princes et les
seigneurs se mirent à table au bruit d'une
fanfare de trompettes , et après avoir
lavé. Un arbre entier brûlait en mu-
gissant dans l'immense cheminée aux
chenets massifs de fer , aux pincettes et
tire-feux pouvant à peine être portés
par un homme ; des croisées à petits
vitraux et à treillis ne donnaient qu'un
jour faible et anguleux , qui dessinait
des ombres mourantes sur le sol et les
murailles. Une table de chêne, entourée
d'une petite estrade où s'élevaient des
bancs à panneaux ouvragés d'étain , s'é-
tendait au milieu de la salle , et tout autour étaient des dressoirs couverts de
tapis , où brillaient et luisaient à foison
les plats d'or et d'argent , les drageoirs,
pots, aiguières et sauciers , tasses et ha-
naps. Entre les dressoirs s'élançaient
des statues dont les mamelles faisaient
jaillir le vin, l'hydromel , l'eau rose ,

l'eau de fleurs d'oranger , et au milieu
de la table , on voyait une tour d'argent massif , sur le donjon de laquelle
flottaient trois bannières aux armes des
ducs de Berry , d'Orléans et de Bourgogne. On plaça d'abord sur la nappe
pluchée , les serviettes, couteaux et tranchoirs de pain bis , sur lesquels se dé-
coupaient les viandes ; ensuite le pain
de bouche , les salières et les tranchoirs
d'argent, les soucoupes et gobelets.

Il est dix heures du matin , on sert ;
les écuyers tranchans placent les viandes devant les convives et les découpent
sur cinq tranchoirs de pain , soutenus
par un tranchoir d'argent. Le premier
service est composé de fruits , de soupes à rôties dorées avec du safran et
de l'eau rose ; de soupes aux viandes,
aux pommes, aux coins, aux herbes ,
aux poires ; celles-ci teintes de couleurs
diverses et plaisantes à l'œil : puis d'é-

normes civets de cerfs et lièvres, farcis d'anis et de grenades ; puis vinrent les pâtés de chapons, de chevreuil et de sanglier ; les jambons, les esturgeons au gingembre ; les hérissons à la sauce dodine, cochons de lait aromatisés; raisins secs, pruneaux et figues. Au troisième service, on apporta des poulets truffés et dorés, des faisans, outardes, cygnes et butors, et le paon couvert de toutes ses plumes, la queue déployée, le bec et les pattes dorés. On changeait à chaque service les tranchoirs de pain et les tranchoirs d'argent.

Parlerais-je des gélinottes des Ardennes, des merles de Savoie, pluviers d'Auvergne et autres viandes exquisement arrangées par maître Taillevant, cuisinier du duc de Berry? Mais les sauces, les sauces! rapées et à l'eau bénite, chaude, froide ; sauce d'enfer, sauce aux fleurs, au genet, aux prunes! et les vins d'Argenteuil, de Beaune, d'Orléans, de Corse, qui coulaient à flots rians dans les belles coupes et les riches gobelets!

Voilà le quatrième service, des oiseaux faits avec des crêmes frites ; les tartes, darioles et gelées de fruits de toutes couleurs, aux armes des trois ducs ; les fruits confits, les oranges et les citrons au sucre. Enfin on servit le vin cuit, épicé et miellé, les pâtes sucrées, les échaudés et les oublies, les nielles, confitures et dragées ; on offre les boissons odorées.

Pendant ce long et magnifique repas, d'Orléans, en dépit de ses promesses et des regards sévères que lui lançaient ses oncles, se fit un malin plaisir de tourmenter le duc de Bourgogne qui l'entendit une fois dire à l'amiral Clignet, placé derrière lui à table : le bon Jean !

Le Bourguignon resta calme et froid
à tous les dires de son spirituel adversaire qui alla même jusqu'à oser plaisanter Jean-Sans-Peur sur sa femme
Marguerite. Les convives pâlirent alors ;
Bourgogne seul demeura impassible et
comme caché sous son air sombre. Il
but, mangea tranquillement, et sourit
aux malicieux propos de son rival qui
semblait triompher de ce calme même.

Le duc Jean se leva avec une courtoisie qui lui était peu ordinaire, et rom-
pit l'oublie que lui présentait son cousin.
Alors une fanfare bruyante éclata, et
tous les convives crièrent joyeusement :
Ils ont rompu l'épice! Ils échangèrent
alors leurs colliers ; le duc de Bourgogne, en souriant, passa à son cou le
bâton noueux, et Louis se para du rabot. Les chevaliers de leur suite imi-
tèrent cet exemple, et enfin pour montrer aux bons Parisiens qu'ils étaient

cette fois bien amis, les deux ducs, montés sur le même cheval, parcoururent, en attendant l'heure du conseil, les principaux quartiers de la ville au grand plaisir d'une multitude qui les suivait en criant à tue-tête : Vivent nos seigneurs d'Orléans et de Bourgogne !

Les Courtisans d'alors.

C'était alors comme aujourd'hui.
Un blessé de juillet.

Mes bons amis de cour!
MOLIÈRE.

— NE sais si nous devons nous réjouir de cela, disait le surintendant Montaigu à son frère, l'évêque de Poitiers?
le Bourguignon voudra savoir où est
passée la dernière taille, et ma foi...

— Est-ce qu'il n'y a plus rien dans les coffres?

— Bientôt plus un écu!... j'ai ordre de ne rien refuser à la reine, et le duc d'Orléans et ses oncles puisent à loisir de leur côté dans le trésor.

— Bah! le duc d'Orléans est le maître du conseil ; Hannotin en sera pour sa harangue ; d'ailleurs est-ce que les vilains ne sont pas faits pour être taillés à merci?

— Oui, mais si le roi revenait à la raison? je cours de grands risques, mon frère.

— Fais toujours porter les vingt mille livres chez la reine, et autant chez monseigneur de Berry ; paie au duc de Bourbon les arrérages de sa charge, et nargue après du Bourgignon!

— Mais la guerre?

— Une seconde, une troisième taille... Je vais retenir six milles livres à Hémon

Raguier ; j'en ai un besoin indispen-
sable . . . .

— Bonne nouvelle, Monseigneur, dit
maître Bridoult, secrétaire du roi.... le
roi est revenu à la raison.

— Serait-il vrai, s'écria Montaigu !

— C'est à maître Allegret, médecin
de monseigneur de Berry, qu'on le doit,
mais le pauvre roi ! figurez-vous douze
hommes vêtus de noir, masqués de noir,
le poursuivant comme des spectres à travers les galeries de l'hôtel Saint-Paul ;
car, vous le savez, personne n'en pouvait plus approcher, il restait furieux,
ne voulant plus changer de linge, allant
sale et barbu, le sein rongé de mal et
de vermine.... mais les hommes noirs
l'ont arrêté malgré tous ses efforts, et
bientôt ils l'ont eu nettoyé, habillé, paré :
enfin cela l'a tellement frappé, qu'à la
grande surprise de tous, on l'a vu tranquille et raisonnable, mander devers lui,

son frère et ses oncles , et vouloir s'occuper à toutes forces des affaires de l'é-
tat : maître Allegret a fait là une belle
cure.

— Oui , une belle cure vraiment ! répondit Montaigu. Mais l'évêque de Poitiers rentrant :

— Nous sommes encore les maîtres,
mon frère , le roi est retombé dans sa
frénésie : Odette est avec lui..........

Quand Montaigu revint du conseil,
il était pâle et soucieux; le conseil avait
été orageux, le duc de Bourgogne avait
parlé , avait demandé ce qu'était devenue la taille énorme qu'on avait im-
posée au peuple. Il avait vertement in-
terpellé Montaigu , lui avait même parlé
de Montfaucon. Le frère du roi, comme
bien on devait s'y attendre , avait pris
hautement la défense du surintendant,
et répondu au Bourguignon avec fier-
té........ Néanmoins Jean-Sans-Peur de-

vait aller le soir au bal de l'hôtel de
Bohême, où toutes les dames de la cour
avaient été conviées..... Le page Jacob
ne s'en sentait pas d'aise ; la dame de
Qévrain devait y venir, il le savait!.....

Le Cabinet

de l'Hôtel de Bohême.

Que cette nuit soit une fête digne des
dieux; qu'elle réunisse tous les plaisirs de
l'Olympe; que le parquet de mes appar-
temens boive le nectar de Chypre; que
le bruit de la musique arrache minuit à
son sommeil de plomb; que la danse
fasse écrouler en débris bruyans le royaume des morts!..... Les vins sont exquis,
nos danseuses d'une grâce merveilleuse.

SCHILLER.

ON est bien joyeux à l'hôtel de Bohême; le bruit des citoles, des violes,
des flageols et des psaltérions se fait

entendre sous les voûtes peintes et char-
gées d'armoiries : c'est l'orchestre du bal
que donne Orléans.

La bourdonnante foule dorée encombre la grande salle et la galerie. C'est
vraiment beau à voir, toutes ces hautes coiffures en pyramide des nobles
dames, ayant une aile de mousseline qui
flotte derrière le dos jusqu'aux talons ;
ces écharpes de diverses couleurs qui
voltigent, se roulent, déroulent, comme
des flots nuageux et argentés, sur les soies
fourrées de blanche hermine ! et ces
robes à la Grand'gore que portent les
élégantes, et qui laissent voir la poitrine nue jusqu'au ventre, et leurs longues queues traînantes et majestueuses,
rivales des robes des chevaliers aux manches pendantes et larges !

Quel amas de brocards, de soie, de
damas, d'hermine, de menu-vair, d'or
et de pierreries !

— Quelle est cette belle dame vêtue
d'une robe bleue, auprès de laquelle
ce jeune page est si attentif, demandait
un chevalier breton nouvellement arrivé, à l'écuyer du duc d'Orléans?

— C'est madame de Qévrain, dame
de la reine, qui, de dépit de l'inconstance de Monseigneur, s'est éprise de
belle passion pour le petit page ; le pauvre innocent l'aime de bonne foi, lui,
de tout son cœur ! mais patience, il est
à bonne école.... Ah ! voici la dame de
Canny !

— Cette belle dame toute resplendis-
sante d'atours ?

— C'est la favorite de Monseigneur.

— Celle qui a une cotte hardie rose à
boutons d'argent, fermée aux coudes
par des diamans, une robe bleue céleste, et de si beaux cheveux blonds ?

— Elle-même, Messire.

— C'est une jolie dame, et votre maître est bien heureux d'en être aimé!

— Oh! ce n'est pas la seule, presque toutes les dames de la cour aiment
mon maître ; vous avez sans doute entendu parler du cabinet.

— Oui, mais j'ai peine à croire.....

— Il donne dans cette chambre ; tenez, celle-ci où couche Monseigneur,
et il est plein de gentils portraits ; mais
sûrement vous ignorez l'aventure de la
dame de Canny. Oh! le bon tour, le
pauvre mari... Monseigneur est si jovial!

— Hé bien, narrez-la-moi, voyons :

— Figurez-vous qu'il est passé un jour
par la tête de Monseigneur d'appeler
un beau matin le sire de Canny dans
sa chambre, et de lui montrer sa femme,
toute nue, sa propre femme, qu'il tenait dans ses bras ; il est vrai qu'il avait
eu la bonne précaution de lui cacher
la tête dans une mousseline. Il la fit

donc voir à loisir à ce pauvre Canny, lui en détailla toutes les beautés, et le sot mari contempla, admira, mais ne reconnut pas sa femme, sa femme, hé! hé! hé! Le chevalier Breton rougit, et dit :

— Le duc d'Orléans est bien hardi, du Châtelier ; par l'ame de Duguesclin ! s'il eut osé se jouer ainsi de moi, il ne s'ébattrait plus à cette heure : quel libertin !

— Mon pauvre ami, on voit bien que vous n'êtes pas encore sorti de notre pauvre Bretagne. Mais quel bruit !.. ah ! voici Monseigneur.

Le duc d'Orléans, vêtu élégamment et à la dernière mode, entrait dans la salle, et déjà s'arrêtant à chaque dame, lui faisait sur sa beauté ou le bon goût de sa parure, les complimens les plus courtois et les plus gracieux qui ne laissaient pas que de dépiter beaucoup

la belle Mariette de Canny.... Mais tout-
à-coup partant d'un éclat de rire, et se
tournant à demi vers l'amiral de Brabant :

— Mon cher Clignet, je suis sûr que
tu ne te doutes pas de ce qui cause cet
éclat rieur ; tu vois cet essaim, ces femmes, hé bien ! ôtes-en les vieilles, les laides, et elles sont toutes dans le cabinet.

— Monseigneur, et sans doute pas
seules encore.... Le duc sourit.

— Oh ! mais, quelle est donc cette
jeune personne à la robe verte? je ne
la connais pas, Clignet, et suis aise cependant de faire sa connaissance au plus
tôt, elle paraît fort jolie.

— Allons, encore un portrait de plus.

— Oh ! c'est selon ; diable, s'il fallait
que je les fisse toutes peindre, quel
retrait serait assez grand!

— Monseigneur, la dame de Canny
s'impatiente déjà...

— Cher, amiral, notre nouvel ami,
Jean-le-Bon, n'est point encore arrivé ?
est-ce qu'il nous garderait rancune de
la scène du conseil de tantôt, où sa
lourde éloquence a été en pure perte....
Cet ours flamand ne s'apprivoisera donc
jamais.

— Prenez garde, Monseigneur, que
quelque Bourguignon vous entende, le
duc est rancunier.

— Bah ! bah ! on le fait plus diable
qu'il n'est, ce bon Jean. Clignet hocha
la tête.........

— Qu'avez-vous donc, Mariette, que
vous ne dansez point ?

— Oh ! Monseigneur, j'ai raison d'être
triste.... je crois bien que vous ne m'aimez plus !

— Et qui peut vous donner ces idées,
vous que j'aime le mieux au monde ?

— Monseigneur, vos longues absences... et surtout ce que je vois...

— Allons, Mariette, c'est un enfan-
tillage, je n'ai jamais aimé que vous....
Vous savez bien, méchante, que j'ai
été huit jours aux Célestins! mais je
veux vous en dédommager ; nous irons,
non demain, ni après, mais le jour suivant, au château de Beauté, et là nous
serons seuls.....

— Mais. mon page est à ce qu'il
paraît le favori de madame de Qévrain ;
qu'en pensez-vous, Montaigu, vous le
plus habile des surintendans? sa Grand'
gore lui va bien ; ce petit Jacob est heureux, ma foi.... Mais qu'elle danse bien,
la demoiselle à la robe verte.... Louis
alors parla à l'oreille d'un de ses sui-
vans ; puis s'approchant de la Qévrain,
il lui demanda des nouvelles de la reine,
disant qu'il l'irait voir le lendemain....
Raoul l'entendit, et une joie infernale
fut dans ses yeux.

Complimentant madame de Qévrain

sur sa parure, et lui demandant avec
malignité des nouvelles de son mari.
Le duc d'Orléans la quitta peu après.

— Enfin! dit Jacob.

— Quoi, enfant, vous êtes jaloux,
et jaloux de Monseigneur!

— Même de votre mari!....

— Oh! dit-elle, en riant, pour ce qui
est de mon mari, vous n'aurez pas sujet
de l'être.

— Je ne le serai plus quand vous m'aurez promis d'aller ensemble chez le bai-
gneur.

— Voyez le bon jeune homme! que
cela.

— Vous aimeriez mieux aller sans
doute au pélerinage de Saint-Aignan.

— Jacob! dit la dame.

— Pardonnez-moi, mais je suis dépité
de ce que je ne pourrai vous voir ce soir.

— Est-ce que vous ne me voyez pas?

— Pas seule....

— Sire page, vous devenez exigeant.

— J'aime tant Madame! répondit Jacob, en jetant un regard de feu sur ce que laissait voir la Grand'gore.... Madame de Qévrain rougit....

— En vérité, Jacob, je ne le puis, il faut que je retourne tôt à l'hôtel Barbette, et que je reste auprès de la reine.... Venez danser, allons!....

Cependant une brillante fanfare fait ouïr des sons guerriers; elle annonce l'arrivée du duc de Bourgogne...

— Oh! voici Hannotin, dit Orléans, pour cette fois, c'est bien lui; tenez, le voici qui entre, ne dirait-on pas, Clignet, l'ours des jongleurs, ou l'un des étaleurs des grandes boucheries.... un bon bourgeois de Gand, par ma mà foi!.... Il alla au-devant du duc, et tous deux se prenant par la main, se mirent gracieusement à causer et parcourir la salle....

— Hé bien, mon cousin, que dites-
vous de mon bal, est-il possible de voir
plus de beautés?

— On peut là-dessus s'en rapporter à
vous.

— Pour moi je trouve qu'il y manque
son plus bel ornement, madame Marguerite.

— Oh! répondit le Bourguignon avec
amertume, et fixant la dame de Canny,
on sait bien que vous ne prisez guère les
cheveux noirs....... et puis Marguerite
n'aime pas les bals.

— Il n'en a pas toujours été ainsi,
mon cousin, reprit Orléans d'un air
moqueur.....

Jean-Sans-Peur le fixa froidement,
puis :

— Cela peut être, mais d'ailleurs elle
eût craint d'aller où manque madame
Valentine.

— Mon cousin, vous n'êtes pas généreux, ce soir.

— Oh! vous êtes trop beau clerc pour
moi, et je ne saurais toujours répondre :
mais, vous devez avoir des nouvelles de
la reine.... et je puis vous en demander
de sûres à vous, son bon frère.

— Diable ! dit Orléans à l'amiral,
Hannotin est spirituel, cette soirée ; il
faut lui pardonner. Ménagez – moi,
monseigneur, ménagez-moi, vous savez
que nous sommes réconciliés.

— C'est vrai et sincèrement..... Mais,
dit-il tout à coup, en s'interrompant
brusquement:

— On m'a tant parlé de votre cabinet que j'ai grand desir de le voir ; m'y
conduiriez-vous donc ?

— Non pas, mon cousin, répondit
Louis avec un sourire, je suis trop discret.

— Ce n'est pourtant pas votre dé-
faut.

— Il est vrai, mais peut-être y ver-
riez-vous l'image d'une dame qui vous
est... qui vous a été chère..... et alors ma
courtoisie.

— Pour l'amour du ciel, monseigneur, dit Clignet de Brabant.....

— Car mon cousin et vous aussi
n'avez pas été toujours fidèle à madame
Marguerite ?

— Je suis trop lourd, trop bourgeois
pour être volage, moi..... Vous refusez
donc de me montrer ce retrait mystérieux ?

— Je ne le puis vraiment, monseigneur, toute autre chose vous l'auriez
obtenue.....

La conversation continua, et plus
d'une fois les assistans rirent aux dépens
du Bourguignon que suivait comme

son ombre, comme son mauvais ange,
sire Raoul d'Octonville.....

— Cet homme me déplaît, disait Jacob à Henry du Chatelier, volontiers je
jouerais de la dague avec lui.

— C'est le chevalier d'Octonville,
l'ame damnée du Bourguignon, il n'aime pas notre maître.....

— Par St.-Martin! alors qu'il ne me
dise rien n'importe quoi, car alors je
lui répondrai qu'il a menti.

— Il a l'air d'espionner ce que nous
faisons.

— Il a l'air d'un gibier de Montfaucon.

— Comme il regarde notre duc.... il
le faut surveiller.

— Monseigneur n'en a guère à craindre, puisque vous prenez ce soin. Je
dois danser encore avec madame de
Qévrain?

— Oh! oh! sire page, vous êtes bien amoureux, prenez garde, c'est un jeu mi-parti.....

Le duc d'Orléans avait disparu, la belle de Canny dansait, la foule était toute entière livrée au plaisir, c'était un bruit, un bruit !....

— Par ici, monseigneur, par ici disait d'Octonville, à voix basse, entrant à pas de loup dans la chambre à coucher de Louis.... Jean-Sans-Peur le suivait,

— L'instant est favorable, ajouta Raoul en fermant la porte : personne!... Voici le cabinet !... Bourgogne s'arrêta.

— Allons, ouvre vite... Regardant autour de lui, comme le criminel qui se prépare, Raoul tire de sa poche une petite lanterne, l'allume au flambeau qui brûlait sur la gloriette, et tirant son poignard, s'approche du retrait.

— Fais sauter la cliquette avec le gros

de ta lame, lui dit le duc, impatienté, ou bien si tu ne peux, brise, enfonce la porte, car je brûle d'entrer dans ce lieu, où il étale ses trophées!... Allons donc, que tu es maladroit! La cliquette céda, et le Bourguignon, arrachant aussitôt la lanterne aux mains de Raoul, se précipita dans le cabinet....

Il était sombre et richement décoré ; trois rangées de portraits en faisaient le tour, mais Bourgogne n'en vit qu'un, un seul : celui de Marguerite! celui de sa femme, placé avec deux autres, un peu au-dessus du premier rang..... Il poussa un cri sauvage à cet aspect, un cri de bête féroce, une sorte de rugissement sourd : et ce fut tout, il resta là, devant ce portrait, ses yeux y semblaient fixés par un charme infernal....

Le doux son des violes et des citoles arrivait à peine au retrait mystérieux comme une mélodie céleste; seuls ces

doux bruits troublaient le paisible et par-
fumé silence qui semblait environner ce
tendre asile, où les regards ne pouvaient
tomber que sur des images de beauté,
d'amour, qui rappelaient la volupté,
cette vive et fugitive image du bonheur...
Mais le duc de Bourgogne sort de sa
terrible contemplation, il croise les bras
sur sa poitrine, où roulent les pensers
les plus redoutables..... il se retourne et
tressaille comme effrayé ; il avait oublié
Raoul qui, debout derrière lui, dans
l'ombre, les yeux étincelans, semblait
se dresser comme un tentateur inexorable..... Un moment, le duc qui semblait avoir laissé derrière lui et jeté comme un lourd, un insupportable fardeau
le passé de sa vie, un moment le duc
crut ne voir en lui que l'ange infernal,
immonde, se rappelant sa chute, et
n'éprouvant un instant de joie qu'alors

qu'il est sur le point de faire tomber une
ame dans ses pièges insidieux.....

— Sortons ! sortons, Raoul ! retour-
nons vite à l'hôtel, préviens ma suite et
me rejoins à l'instant.....

— Oh ! dit Raoul, monseigneur le
beau duc d'Orléans, je crois, en vérité,
que vous avez eu tort de me chasser de
l'hôtel du roi; vous en conviendriez vous-
même, si vous aviez pu assister à cette
petite scène de nuit ; allons, Moïse
Mousque, bientôt tu auras de sa chair.....

— Où me menez-vous donc, petit
page, disait la Qévrain, que Jacob in-
troduisait dans la chambre ?

— Ici, madame, nous pourrons respirer un instant et causer.

— Mais, Jacob, reprit-elle, rajus-
tant les nattes de ses cheveux devant le
miroir d'acier, Jacob, si lon allait nous
surprendre, que dirait-on ? et si cela

venait aux oreilles de M. de Qévrain.....
bonne Sainte-Vierge, que deviendrais-
je?

— Ne craignez rien, Madame, c'est
ici la chambre à coucher de Monseigneur, et personne autre que lui ne
serait assez osé pour s'y introduire.

— Je suis dans la chambre à coucher
de Monseigneur d'Orléans! oh! je suis
perdue, grand Dieu! si quelqu'un allait
le deviner, si Monseigneur allait venir!
vraiment Jacob, vous ne m'aimez pas,
vous ne m'avez jamais aimée.

— Ne craignez rien, Madame, mon
maître est si occupé en ce moment;
peut-être, ajouta-t-il en souriant, de
faire une infidélité à madame Mariette,
que vraiment vous n'avez rien à redou-
ter de lui.

Cette assurance parut calmer les in-
quiétudes de la belle dame qui voulut bien s'asseoir sur un des bancs à

dossiers grillés, à housses traînantes
et armoiriées, et écouter le petit Jacob,
qui semblait, cette nuit, avoir une partie de l'éloquence de son maître, et ou-
blier même, par instant, le profond respect que tout courtois chevalier doit aux
dames : il est vrai que la robe à la Grand'
gore....

La conversation des amans commençait à devenir si tendre, que madame
de Qévrain avait oublié le bal, et n'entendait plus le chant de l'orchestre....

Mais un bruit de pas se fait ouïr :
des voix arrivent même déjà jusques à
eux.

— Las ! dit la dame, c'est la voix de
Monseigneur ! mon Dieu !... Jacob, hors
de lui, courait dans la chambre.

— Cachez-moi donc quelque part....
Jacob !... au nom du ciel.... Tout-à-
coup le page aperçoit la porte entre-
baillée du retrait : il l'ouvre sans réflé-

chir comment cette porte mystérieuse
avait pu être laissée ainsi.....

— Vite, Madame, par ici, dans le
cabinet.

— Oh ! non, je n'y veux pas entrer,
Jacob !

— Mais il le faut, Madame, pas d'autre endroit...

— Non, non....

Mais on approchait de la chambre...
le page entraîne la dame de Qévrain, et
va pour s'enfermer... quel fut son effroi,
le retrait a été forcé ! Ce fut alors seulement qu'il aperçut une petite lanterne
qui brûlait sur la table de bois d'Irlande.

— Mon Dieu, mon Dieu ! se dit-il,
mais n'importe, je la tiendrai, cette
maudite porte, et personne n'entrera....

— Ah ! dit le duc d'Orléans à l'amiral, en entrant dans la chambre, quelle
fatigue !

— Monseigneur s'amuse trop aussi.

— Non , Clignet, mais c'est ce lourd
et maussade Bourguignon ; quel ennui !
être là sans cesse à ses côtés! mon bon
ange! j'aime mieux la guerre.... oui, Clignet.

— Monseigneur , vous avez tort de
vous plaire ainsi à le piquer par vos propos ; il est brutal.

— Ce sont piqûres d'abeilles.... sans
cela par mon abbaye de Saint-Aignan,
au diable la réconciliation !

— Monseigneur , quand l'ours ne
peut plus supporter la piqûre des abeilles , il renverse la ruche.

— Le duc répondit avec hauteur :
Amiral , c'est un prince du sang royal
de France !.... Mais mon page, où donc
s'est-il pu fourrer?

— Madame de Qévrain pourrait seule
répondre à cette question.

— Il est vrai que je ne l'ai plus vue

dans la salle, après la brusque sortie de ce bon Jean.... qui s'est vraiment enfui, ajouta-t-il en riant, comme un ours piqué par un essaim de guêpes.... Il fera des jaloux, mon page, mais j'aime mieux en vérité l'avoir pour successeur qu'un autre, je lui veux du bien; il ira loin ce jeune homme, Clignet, si Dieu lui donne un longue vie ; il est brave et déjà beau clerc.

— Il est à bonne école pour cela.

— C'est la reine qui me l'a donné, cet enfant, et je lui en sais vraiment gré.... je bois au succès de ses amours, reprit-il en vidant une coupe de vin odoré. Mais combien de fois cette bonne dame de Qévrain est venue dans cette chambre.... oh ! elle la connaît bien... mon petit page !...

— Mais on dit qu'elle lui tient rigueur.

—Dans les commencemens sans doute,

c'est assez l'usage de ces dames, et puis Jacob est un enfant ; mais cependant je pense qu'à présent le pauvre mari est encore.... ha ! ha !

— Quant à cela, vous le savez mieux que personne, Monseigneur.

— Moi et d'autres, Clignet.

— Monseigneur, je suis discret.

— Et moi aussi, ajouta en riant le frère du Roi.

On se figure aisément quelle devait être la position de madame de Qévrain dans ce fatal cabinet... et celle du jeune de Merre ! d'autant plus que la lanterne éclairait le portrait de la dame, à qui le beau duc avait cru devoir faire aussi les honneurs du retrait. Le maudit portrait était précisément placé si près de la lumière, que tous ses rayons tombaient sur lui, et le montraient au page qui d'ailleurs avait la vue aussi bonne que l'ouïe. La dame eût voulu volonliers être à cent pieds sous terre ; le purgatoire lui-même lui aurait semblé, en cet instant, préférable à une minute d'une telle situation !... Jacob lui lançait des regards de courroux.... Elle ne put y tenir long-temps, et ne trouvant rien de mieux que d'essayer de se trouver mal, elle s'évanouit. Cela lui réussit en partie, car le page la voyant succomber, quitta brusquement la porte et courut à elle, mais avec tant de précipitation, qu'il renversa la table et la lanterne. Le duc qui causait toujours, se retourne à ce bruit, il voit l'entrée de son retrait à demi-ouverte :

— La porte de mon cabinet ouverte, s'écrie-t-il, quelqu'un dedans ! quel est l'audacieux !... il s'élance alors.

Que vois-je !... Jacob, vous avez osé ! la porte est forcée... Malheureux !!

— Elle était ainsi, lorsque vous entendant venir, j'ai cru devoir y cacher cette dame.... La dame était toujours évanouie.

— Ah !... dit le duc, maintenant je devine, et il partit d'un ironique éclat de rire.

Le tour est bon !.... mais j'en suis bien vengé.... le pauvre Jean !... Regardant alors le portrait de la duchesse de Bourgogne :

Mais, par les mérites de Jésus-Christ, Hannotin est encore meilleur mari que je ne l'aurais cru ; tout est encore ici dans le plus bel ordre... tel que je l'ai laissé.... le bon Jean ! allons, maintenant je me ferais scrupule de me railler de lui, ha ! ha ! ha !... Jacob, je vous pardonne cette fois en faveur de cette dame que j'ai bien offensée, sans le savoir ; qui vous eût pensé là... mais n'y revenez plus, et sortons.

La dame de Qévrain avait repris ses sens, mais elle se couvrait la figure de ses deux mains.... Cependant on demandait le duc, et déjà plusieurs seigneurs s'avançant, allaient, poussés d'une ardente curiosité, et l'amiral à leur tête, pénétrer dans le retrait; Jacob les arrêta :

— Doucement, Messires, car vous êtes mariés.... pour Dieu, n'entrez donc pas!...

Louis sortit, riant encore de l'aventure ; il la narre aux seigneurs, ils en sont effrayés....

— Quelle imprudence, Monseigneur! dit Montaigu.

— Le duc se vengera, ajoute Clignet.

— C'est calomnier mon beau cousin, Messieurs, il est trop bon pour cela... mais ne songeons plus qu'à rire et danser jusqu'à demain.... allons, Messieurs, suivez-moi tous. Il sortit, mais il eut le soin courtois de laisser de la cham-

bre ouverte : la suivante de la reine put
donc se retirer....

Comme Orléans traversait la galerie,
il fut bien surpris d'y trouver le révé-
rend prieur des Célestins, Guillaume
Dufer ; il s'arrêta, le prieur venait vers
lui.

— Quoi! mon père, vous êtes encore
levé à cette heure.

— Monseigneur, répondit gravement
le moine, j'espérais vous emmener avec
moi, et voilà pourquoi j'ai veillé, re-
merciant le ciel par mes prières de votre
heureuse réconciliation avec votre cousin monseigneur de Bourgogne, ce qui
va mettre un terme aux maux de ce bon
peuple qui a tant souffert jusqu'ici....
Mais je vois que, ce soir encore, je re-
tournerai seul au couvent ; cependant
vous aviez promis de faire une seconde
retraite, et d'habiter quelques jours de
plus avec nous.

— Ah ! mon père, que ne le puis-
je ! mais les affaires du monde... des soins
qu'il m'est impossible de laisser....

— Sans doute, fit à basse voix Clignet, et la robe verte et la Juive!...

—...Me forcent de remettre encore
cette pieuse neuvaine, et c'est avec regret, mon père, car, je vous le jure ici, je
ne suis mieux nulle part que dans votre
saint cloître, c'est là seulement que l'on
peut être heureux.... mais demeurez,
mon père, restez ici, cette nuit j'aurai
sans doute à causer avec vous, il est
trop tard pour retourner à votre mo-
nastère, et vous avez votre chambre.....
Demain, non pas demain, je pense;
je dois aller chez la reine le jour suivant... ah! je ne puis non plus.... mais
vendredi, oui, vendredi, j'irai passer
ce saint jour avec vous, prier avec les
frères, en attendant que je puisse ac-

complir la neuvaine : êtes-vous content, mon père ?

— Monseigneur, j'obéis à vos ordres, et je vais, dans votre oratoire, attendre qu'il vous plaise venir m'entretenir.

— Adieu, mon père.... donnez-nous votre bénédiction.... Ils la reçurent, et puis coururent danser, rire et batifoler dans le bal.

Vengeance.

> Vengeance! c'est le plus doux plaisir
> de la terre; à son seul nom mon cœur
> tressaille et frémit de joie! Vengean-
> ce!!! oui tu es pour moi les joies divi-
> nes....... Malheur à toi !
>
> LE PÉNITENT, *roman inédit.*

RENTRÉ dans son hôtel, Bourgogne
courut à son retrait, et là, se jetant
comme anéanti sur un siége, il se livra
à la sombre fureur, jusqu'alors concen-
trée dans son sein ; elle s'y était amon-

celée comme un orage, lentement, mais
elle allait bientôt, comme un orage, écla-
ter avec fracas....

— Suis-je encore Jean-Sans-Peur !
non... non... car alors il n'existerait plus :
est-ce assez boire de l'amertume, est-
ce assez d'opprobre et d'humiliation !...
j'ai pu me contraindre à ce point, de
contempler le portrait de ma femme,
dans un lieu de prostitution ! voir Marguerite ainsi vitupérée !... moi, la risée
de la cour, du peuple !... comme il me
raillait sans pitié.... le bon Jean !... ah !....
si elle était coupable ! Marguerite !!
oh ! non.... non, on sait trop qu'il
aime à se vanter : combien de fois,
l'infâme calomniateur n'a-t-il pas, de
ses propos envenimés, déshonoré de
femmes qu'il n'avait pu séduire !... on
connaît ses vantises.... quelle audace !
savait-il que c'était la duchesse de Bourgogne ! il ne me connaît donc pas ! il

ne sait donc pas que je porte une dague à ma ceinture..... toujours il m'a
bravé , toujours il a semblé se plaire à
m'humilier, à me faire un objet de risée
par de sottes , d'ignobles , de cruelles
moqueries. Rien n'est sacré pour cet
homme , pas même la femme de son
frère !... pas même son propre honneur !!
sa propre femme , il la prostituait au
roi... Oh ! il est temps , bien temps d'en
finir , je n'y tiendrais plus. Quels tourmens affreux, terribles , quelles tortures , n'ai-je point soufferts aujourd'hui,
toute cette longue journée !! et ce pauvre peuple ! comme il souffre aussi de
leur luxe, de leur prodigalité, de leur avidité... ah ! il est temps, il est temps que je
saisisse d'une main ferme le pouvoir , ce
pouvoir !!... et qui m'en empêche , qui
m'en a empêché ?... lui ! toujours lui !...
il semble né pour être toujours là comme
un démon , entre moi.... et l'objet de

mes désirs. — Raoul, tes hommes sont prêts sans doute ?

— Oui, Monseigneur, il sont prêts.

— Tu as été témoin de mon opprobre, de mes tourmens, de mes tortures, Raoul; ai-je assez supporté de mépris, m'a-t-il assez conspué, a-t-il craint de me faire boire la honte jusqu'à la lie?... n'est-ce pas que j'ai été raillé, insulté, honni, provoqué, montré au doigt par lui, à cause de lui.... comme il triomphait, comme il marchait, heureux de me traîner, comme un vaincu, par la main devant ce peuple qu'il bravait aussi! Raoul, Raoul, je voudrais... mais il ne pense guère à ce qui va surgir de l'ame de Hannotin; il rit, il reçoit les adulations de ses bas courtisans, de ses prostituées qu'il mène à sa suite!... de ce Montaigu que je ferai pendre; de ce Clignet!..... il est heureux... Oui, dans cet instant, il ignore

ce que je lui prépare, le sort qui l'attend..
non. Jean-le-Simple ! bah ! qu'en a-t-il
à craindre? tu le sauras, débauché, lâche,
moine, tu le sauras!.... demain, que dis-
je, aujourd'hui même, tu connaîtras
Jean-Sans-Peur ! Je vais le délivrer, ce
bon peuple de Paris, que tu foules, que
tu traites comme un troupeau de bœufs..
ah ! comme moi, tu l'as dit, tu ne
sais pas étaler de la viande au châtelet !... Le duc s'interrompit ; un rire infernal sortit de sa bouche tremblante...
Ce bonhomme de roi, je le vais venger
aussi lui ; depuis trop de temps tu l'outrages, toi et ta digne alliée, cette Allemande impudique, qui, si je n'étais là,
dévorerait la France en un mois... mais
le Bourguignon, grâce à Dieu, il a une
hache d'armes qu'il sait manier, et dans
peu il brisera, comme des pots d'ar-
gile, tout ce qui osera se mettre entre
le trône et lui.... Par ma bonne ville de

Dijon, Raoul, je veux être le maître,
et je le serais!.... Mais dis, Raoul,
tu es heureux, n'est-ce pas, d'avoir eu
ma haine à exploiter au profit de la
tienne?... avec quelle ardeur et quel zèle
tu as fait l'office du diable, auprès de
moi.... quel serviteur tu es! jamais, je
crois, on n'en vit un pareil.... mais sache bien que tout cela était inutile,
ancien trésorier de l'hôtel du roi......
n'importe, tu vas profiter de ma justice,
j'y consens de grand cœur; cette ré-
compense t'est due; aussi bien toi et
le peuple, en recueilleront des fruits
durables..... Tu n'as plus qu'un pas à
faire, Raoul, pour arriver à ton but...
il n'en est pas ainsi de moi; lui mort,
ton rôle est fini, le mien commence;
mais, Dieu aidant, je saurai le finir....
Comme il était heureux, le traître,
comme il enfonçait le poignard dans
mon cœur!.... et puis il riait.... oh! j'au-

rai donné ma ville de Gand avec
joie, pour, à loisir, avoir pu lui plonger mon épée dans la gorge, au moment où il me parlait de Marguerite....
au moment où il me faisait la loi dans le
conseil!! oh! j'ai bien souffert!.. et attendre encore un jour!....un long, un éter-
nel jour ! Allons, ne perdons pas le fruit
de tant de soins , de veilles , de temps,
par une vaine précipitation.... J'ai attendu trop long-temps pour ne point
attendre encore quelques instans.... l'essentiel est que...., J'ai chaud... j'étouffe...

Il s'approcha de la fenêtre , il contempla le ciel ; ce ciel , dont les nuages
ternes et informes s'étendaient en longues nappes noires ; puis il appuya son
front sur la muraille humide , froide,
et il resta quelque temps ainsi... Raoul,
aussi sombre que le ciel , jouait avec sa
dague , et traçait avec sa pointe des
ronds et de longues raies.... Le vent

bruissait avec monotonie : on eût dit
une voix lointaine de spectre.

Elle disait à Bourgogne : Venge-toi ;
à Raoul : Se vengera-t-il ?.......

— Sire d'Octenville, allez dire à mon
chancelier d'assembler mon conseil de
suite, à l'instant, et puis vous m'en-
verrez le père Martin Porrez.... hâtez-
vous.

— Il écrasera le bras du pécheur,
dit Raoul en sortant.

— 23 Novembre, répondit le duc....
aujourd'hui 23 Novembre..... Il va demain souper chez la reine..... Scas m'est
dévoué... vingt-trois hommes résolus à
l'image Notre-Dame.... un temps sombre . . . . . oh ! . . . .

. . . .

. . . . — Père Martin, vous êtes un
habile homme, un savant théologien ;
vous m'avez grandement édifié : l'évé-
ché d'Arras est à vous, je vous le donne ;

allez, priez pour moi, pour notre labo-
rieuse entreprise.....

Il alla vers la salle où son conseil l'at-
tendait.

La Délibération Nocturne.

Ce n'est que dans le sang qu'on venge
un tel outrage.

P. CORNEILLE.

J'ai voulu vous consulter.

RACINE.

LA salle du conseil de l'hôtel d'Artois, c'était une chambre immense, à murailles nues, éclairée par une seule lampe d'église, suspendue au plafond par de longues chaînes de fer rouillé, et

dont la clarté rouge dessinait de larges
ombres sur les pierres rongées des parois : une table de chêne, entourée de
vieux bancs noirs, était le seul ameu-
blement de cette retraite vraiment féo-
dale. Autour restaient pensifs, et comme surpris de se voir convoqués à une
telle heure, le chancelier de Bourgogne,
Jean de Saulx, les sires de Croï, de
Helly, d'Ollehain, de St.-Georges, des
Essarts, et Regnier Pot..... Appuyé contre la cheminée, le sire d'Octonville
semblait une statue du mal, attendant
un crime ; cependant un sourire effleurait par fois ses lèvres, alors qu'il contemplait la sombre gravité du chancelier,
et l'air d'étonnement des chevaliers qui
s'entreregardaient, comme si chacun
avait cherché à deviner, sur les traits de
son voisin, ce qui allait suivre cette dé-
libération qui, à cette heure provoquée,
ne leur semblait signifier rien que de si-

nistre. Le silence régnait depuis quelques minutes...... L'heure, le lieu, ce
délabrement nud, ce sombre, tout semblait assorti pour précéder quelque chose
de fatal. Chacun semblait s'y attendre....
le duc de Bourgogne entra.....

Il était calme, quoique pâle, mais
ses yeux recélaient un feu d'où semblaient jaillir des étincelles sanglantes.
Chacun de ses pas sembla retentir dans
l'ame des assistans, Raoul lui-même en
fut ému...

Le duc déposa un parchemin sur
la table, s'assit, puis d'une voix lente,
mais ferme : Messieurs, je vous ai
assemblés pour avoir, non votre avis,
sur une chose que j'ai résolue depuis
long-temps, sur une chose que j'ai ir-
révocablement décidée, et que j'accom-
plirai au péril de ma vie ;...mais je viens
réclamer votre secours, votre appui,
pour l'amener à bien ; j'attends de votre

amitié une approbation qui m'est d'autant plus nécessaire, que je n'ai qu'un
seul moyen d'exécution....

Jean-Sans-Peur regarda ses conseil-
lers.... Tous, dans le plus profond silence attendaient.... Raoul allongea la
tête et retint sa respiration....

—Messieurs, reprit-il, j'ai fermement
résolu..... la mort du duc d'Orléans!....

Tout le monde se leva d'un mouvement spontané....Un terrible silence suivit....

— Mais Croï : vous venez de lui jurer
amitié !

— C'est votre cousin, dit le sire des
Essarts. Bourgogone fixa sur eux son
regard sombre....

—Le frère du roi! ajouta Regnier Pot..
Malheureux pays !...

— Hé quoi, Monseigneur, voulez-
vous déshonorer votre vie, votre nom,
par un crime? car, je le devine, c'est

un assassinat que vous nous demandez
d'approuver.

— Croï , dit le duc d'une voix brè-
ve !... n'êtes-vous plus mes amis , mes
fidèles chevaliers ? faut-il donc que je
vous rappelle mon outrage et ma honte ?
n'avez-vous pas été témoins de toutes
les humiliations de cette journée , de
toutes les humiliations que j'ai souf-
fertes !.... Ce soir encore , avez - vous
donc oublié les propos qu'il tint sur
Marguerite?... Savez-vous , savez-vous ,
car vous m'y contraignez , vous voulez
que j'expose , à vos yeux , tout mon outrage,.... l'outrage le plus sanglant fait
à votre souveraine ! savez-vous, fidèles
vassaux , que j'ai vu ce soir , dans le
cabinet infâme , où il se plaît à étaler
la honte de ses victimes , le portrait de
la duchesse de Bourgogne! Savez-vous
que ce portrait, je l'ai contemplé, et
que je suis resté calme, calme comme

un tombe?.. et vous viendrez me parler
de sermens, de famille, de patrie, de
remords! que sais-je moi!...

— Je signerai, dit Helly.

— Je signerai, fit Ollehain d'un air
profondément affligé.....

— Vous parlez de la France, du peuple, du renouvellement de nos sanglantes querelles, et au contraire, c'est le
seul moyen d'en finir et de rendre la
paix au royaume.... Irais-je faire périr
une foule de braves gens, bouleverser
l'état, ruiner les campagnes, pour chercher une vengeance incertaine, tandis
que je puis l'avoir d'un seul coup? Le
duc d'Orléans est un traître, félon à
Dieu et au roi, condamné par les lois
divines et humaines, le pape, l'université, le peuple.... qui en doute?... Mais
dois-je, puis-je l'appeler en champ clos?
Ah! si je l'avais pu, il y a long-temps
que j'eusse vengé mes outrages! il y a

long-temps, Croï, que ma bonne épée
se fût teinte de son sang ! Oui , par les
mérites de Jésus-Christ et des Saints,
il y a long-temps ! Oseriez-vous me con-
seiller de l'accuser au parlement ; le
frère du roi ! l'oseraient-ils juger ! lui
qui , aidé de la reine, gouverne triom-
phant ! Un seul moyen restait , et je l'ai
dû saisir..... Je vous le répète, Messieurs,
le ciel veut sa perte ; j'ai consulté astro-
logues et savans prêtres, tous sont égale-
ment d'accord ; mon confesseur a d'ailleurs détruit tous mes scrupules... Pour
quoi en auriez-vous, si je n'en ai pas,
moi ? C'est un jugement qu'il s'agit de
prononcer, et je l'ai dit, tout le con-
damne ; choisissez donc entre lui et moi,
car.... ici le duc fut brusquement inter-
rompu par un bruit de pas et de voix,
et la porte s'ouvrant soudain , le duc
d'Orléans entra , suivi de l'amiral Clignet....

Bourgogne était resté stupéfait.... ses
chevaliers , comme frappés de terreur,
avaient quitté la table....Tous les regards
sont fixés sur le duc d'Orléans....

— Je vous dérange , beau cousin ,
dit-il d'un air léger, j'ai presque, ajouta-
t-il en riant, forcé votre hôtel ; on ne
voulait pas me laisser entrer , on me
regardait d'un air surpris. Savez-vous
pourquoi je viens aussi brusquement ,
beau cousin ? Il y allait de l'honneur
de tous deux ; on m'a dit que vous
étiez sorti furieux, hors de vous ; on m'a
dit que vous aviez juré de vous venger,
de quoi donc ?... Pour faire cesser ces
bruits injurieux , et pour vous et pour
moi, j'ai parié que j'irais , à l'instant
même , dans votre hôtel d'Artois...seu-
lement accompagné de Clignet que voilà,
tout pâle et tout saisi.... Oh ! il n'est pas
encore bien rassuré.... Je vous croyais
couché , mais il paraît que vous avez

d'importantes affaires ; assemblés à cette heure, en conseil, je crois ? Par mon bon ange ! est-ce ma mort que vous délibérez ; voyons, mon cousin, dites?.. Aussi pourquoi avez-vous si tôt quitté notre hôtel ?... Hé bien, Clignet, nous voici dans l'antre du lion.... Je dis du lion, mon cousin.... vous entendez....

La foudre semblait tombée au milieu des assistans de cette scène nuiteuse. Le duc de Bourgogne pâlissait, rougissait ; des nuages terribles passaient, rapides, sur son front ridé profondément.... Oh! que de pensées sanglantes traversèrent son ame haineuse !

— Hé bien donc, beau cousin, suis-je le bien-venu à votre hôtel d'Artois?...

— Mon cousin, vous êtes le bien-venu, dit Jean-Sans-Peur, et il s'efforça de sourire.

Le duc d'Orléans semblait aussi gai, aussi léger, aussi beau qu'à l'hôtel de

Bohême, et son air libre et ouvert contractait fort, je vous jure, avec l'air
sinistre et contraint du Bourguignon,
la stupeur de ses chevaliers et l'effroi
de Clignet.

— Mon cousin, dit-il, s'approchant
du duc de Bourgogne, vraiment l'Amorabaquin vous fit tort, en vous trouvant méchante mine, que ne vous a-t-il
vu dans un moment comme celui-ci,
par saint Aignan ! il n'eût point dit qu'il
devait vous conserver pour la ruine de
grand nombre de chrétiens.

Jean se mordit les lèvres.

— Eh bien, sire des Essarts, quand
donc nous amènerez-vous votre dame ?
nous avons vraiment grand'envie de la
voir à la cour de la reine : on l'a dit
si aimable ! Est-ce que vous seriez jaloux ?
des Essarts fronça le sourcil....

— Mais je m'aperçois, Messieurs, que
seul ici je fais tous les frais... Allons donc,

beau cousin, parlez-nous, voulez-vous
que nous causions un peu de madame
Marguerite ; ah ! si elle était ici, qu'elle
serait, j'en suis sûr, plus courtoise que
vous!..., j'eusse déjà obtenu d'elle plus
d'un propos....

Impassible , Bourgogne répondit :
Mon cousin ; nous sommes si agréablement surpris de votre venue, à une
heure si nuiteuse, que vous devez un peu
nous excuser.

—Je vous excuse tellement, que je
vais, beau cousin, vous laisser libre de
vaquer aux grandes affaires qui semblent
vous préoccuper ; de ce pas je vous
quitte et vais....

— Où vous attend sans doute quelque belle dame qui brûle apparemment
d'augmenter le nombre des peintures
du cabinet?

— Oh ! mon cousin, n'y entre pas
qui veut.

— Oh ! je sais qu'il faut être grande dame !

— Ou bien belle !....

—Mon cousin....je ne vous retiendrai plus... vos momens sont précieux !...

— Les vôtres donc.... Adieu , Messieurs , n'oubliez pas que tous, je vous invite , pour dimanche , à l'hôtel de Bohême , où je dois traiter mon cousin de Bourgogne....

— J'irai de grand cœur , mon cousin , et cette fois j'espère que vous me montrerez le retrait?.... Les deux ducs sortirent suivis de l'amiral et de Croï....

— Hé bien , Clignet, dit le duc d'Orléans , quand ils furent sortis de l'hôtel d'Artois, hé bien , n'avais-je pas raison de dire que je connaissais Hannotin ? N'est-ce pas vraiment un bon Jean ?

— On l'a pourtant surnommé Sans-Peur , répondit Clignet.

— Jean lourd ou l'ours aurait été mieux, reprit Louis.........

— Hé bien, Messieurs, s'est écrié Bourgogne, croisant les bras et s'arrêtant en face de la table.... hé bien ?.....

Des Essarts avait déjà signé...

— Suis-je assez humilié ! venir me braver jusque dans mon hôtel !

— Au moment même où nous conspirions sa mort, dit le sire de Croï !... tout le monde se tut....

— Me braver au milieu de vous, Messieurs, dans ma propre maison ! et il sait, j'en suis sûr, que j'ai visité le cabinet, que j'ai vu !... Messieurs, je déclare ici que je regarde comme ennemi celui qui me refusera assistance dans un pareil instant... Il faut, il faut qu'il meure ! Dieu lui-même n'obtiendrait pas sa grâce !

Tous, excepté Croï, ont signé, et sombres, la plupart, se sont retirés un à un ;

le duc n'est plus qu'avec Jean de Saulx,
Raoul et l'inflexible chevalier....

— Croï, tu m'abandonnes au jour de
l'affliction ! tu étais mon ami !

Il ne répondit rien, mais il fixait toujours, immobile, le parchemin fatal.

— Croï, ton souverain, ton maître,
ton ami te supplie....

— D'être un assassin !

— Croï !!.. et il tomba comme anéanti
sur le banc. Je ne peux donc avoir un seul
ami !.. tandis que lui... Veux-tu donc voir
Jean-Sans-Peur à genoux ?

.... Le sire de Croï n'hésita plus, il
s'approcha de la table, signa froidement,
et remettant le parchemin au duc :

— C'est maintenant que je suis digne
d'être votre ami !... Il sortit suivi du chancelier.

Alors Raoul s'approcha de son maître....

— Quoi ! vous êtes encore ici, lui dit

Bourgogne avec hauteur, laissez-moi
donc, j'ai besoin d'être seul, avec l'enfer.... et tu n'es qu'un démon...

Il acheva la nuit, solitaire, immobile,
dans une seule pensée... et souriant quelquefois à une vision affreuse, qui traversait son ame, comme un rapide
éclair.

Le Père et la Fille.

Je suis un pauvre et faible vieillard, j'ai passé
mes quatre-vingts ans.

Le Roi Lear.

Mon père! Mon amant!

Mais seigneur, il est fou?
SHAKESPEARE.

ELLE était seule, rêvant à lui, l'heure est
passée depuis long-temps... Pauvre Lia!
c'est en vain que tes doigts jouent avec
les plis soyeux de ton écharpe; c'est en

vain que ta voix pure et flexible se marie,
par instans, aux doux accords de la mandore, le temps te paraît long, oh ! oui,
bien long ! Pourquoi l'as-tu enivré aussi
de tant d'amour !...

Qu'elle était belle, Lia ! que le nuage
de parfum qui l'environnait était suave !
que la lumière du retrait était douce !

Elle était mécontente, triste même, et,
malgré cela, chaque fois qu'elle voyait,
dans le grand miroir d'acier, ses traits
charmans, sa taille harmonieuse de sou-
plesse et de volupté, un sourire, un piquant sourire, embellissait encore sa
jolie bouche, pareille alors à la rose de
Saron légèrement épanouie !

C'est lui, cette fois ! Elle entendait du
bruit.... La porte du retrait ne lui laissa
pourtant voir qu'une femme, une vieille
femme ; mais cependant Lia courut vers
elle : C'est vous, Abigaïl, à une telle

heure! eh! qu'y a-t-il donc?.... Mon père!

— Le pauvre vieillard a bien souffert, néanmoins il va bien, Lia!

— Mais entre donc.

— Je ne sais, je manque pour vous à l'obéissance que je dois à votre père... Oh! pourquoi? pourquoi nous avez-vous quittés? C'est ce méchant Moïse qui en est cause, n'est-ce pas, Lia?... La jeune fille cachait sa tête dans ses mains.

— Abigaïl, j'étais heureuse avant de le connaître; oui, maintenant... mais, va, ce que j'ai fait, je le ferais encore; oui, ma vie, ma vie, je la donnerais pour lui! car lui seul, lui seul, Abigaïl, est tout maintenant pour la malheureuse Lia!.. mon pauvre père!.. Abigaïl, tu n'as pas connu l'amour....

— Malheureuse! savez-vous que le seigneur est aussi un Dieu de justice, et si votre amant, le coupable, le misérable

chrétien qui vous a séduite allait bientôt.... allait trouver une mort sanglante,
inattendue.... peut-être en sortant d'ici?

— Que dis-tu, monseigneur d'Orléans
menacé? Parle, ah! parle vite... je t'en
conjure, par les jours de mon enfance!

— Lia, si vous me promettez de quitter cette maison, ce pays, votre duc pour
toujours, je vous dirai ce que j'ai pu entendre, comprendre d'un complot qui,
je le conjecture, a été machiné par Moïse : le duc d'Orléans doit être assassiné ;
les meurtriers sont prêts... Est-ce aujour-
d'hui? je le crois.... Les malheureux, ils
n'ont pas songé à leurs frères, et quand
on saura qu'un Juif, que des Juifs, car
c'est à votre père que Mousque parlait,
quand on saura donc que des Juifs étaient
du complot, c'en sera fait des restes de
notre pauvre nation dans ce pays maudit ; mais Moïse veut se venger, et votre
père...

—Achevez, je vous en conjure, Abigaïl, mon père, Louis?

— Vous promettez...

— Je promets tout; mais achevez de
m'instruire.

—Mousque a dit à votre père : le duc
de Bourgogne a juré sa mort, vous dis-
je? nous allons être vengés... Il ira à la
nuit tombante... lorsqu'il en sortira, sa
mort est certaine... vingt-deux routiers
embusqués... Voilà tout ce que j'ai pu
entendre; mais il est clair, ma fille, que
c'est aujourd'hui, quand il va sortir de
chez vous, que les routiers le tueront.

Lia fut obligée de s'appuyer contre la
gloriette, car elle sentait son cœur fail-
lir.

— Dieu de Jacob, elle va se trouver
mal! voyez quelle pâleur!... Mon enfant,
vous l'aimez donc bien ce duc?

— Aujourd'hui!.... lorsqu'il sortira
d'ici, dans une heure peut-être... et moi

qui, tranquille, l'attendais en chantant!..
Abigaïl, Abigaïl, plutôt mourir cent
fois!... Que faire!... que faire!...

—Lia, il va falloir que je vous quitte...
votre père...

— Oh! non, reste, reste, il va venir
et tu lui diras tout... il a des chevaliers,
des hommes d'armes.

— Et votre père, malheureuse! votre
père! Vous voulez donc l'envoyer au gibet... à la torture.

—Mon Dieu!.. c'est la vérité; mon père
est criminel, et un mot de ma bouche le
traînerait... Mon père veut sa mort!

— A cause de toi, malheureuse enfant!

— Louis! Louis! c'est moi qui te frapperai; c'est ta Lia!... Dans une heure,
as-tu dit?... S'il pouvait ne pas venir...
mais, n'importe, il faudra l'en instruire,
et comment? Comment lui dire que des
meurtriers l'attendent, et que mon père
est un de ces meurtriers?... Mon père,

un Juif! un riche Juif!... alors qu'il voudrait lui faire grâce...

— On torturerait ses vieux membres, comme ont déjà fait les routiers pour lui ravir son or, dit Abigaïl d'une voix aigre ; mais seriez-vous donc devenue une Madianite, vous pleurez plutôt votre séducteur que le vieux Jonathasius?.... mais vous m'avez promis....

— Comment l'instruire sans exposer mon père?... Du bruit encore... oh ! c'est lui... déjà!.. — Mon père ! et elle se précipita aux pieds du vieillard.

Ce n'était pas le beau duc d'Orléans, c'était, au lieu de lui, un vieillard sombre, menaçant, couvert de haillons, souffrant encore des tortures que lui avaient fait subir d'infâmes brigands, pâle, et traînant à peine des pas débiles à l'aide du bâton des mendians ; au lieu de l'amant, du plaisir, c'était le père, trahi, abandonné, qui se présentait comme un remords.

— Mon père!... Jonathasius lançait des regards courroucés sur Abigaïl, et un sourire amer fut la réponse qu'il fit au cri de la nature, au cri d'un enfant coupable, mais pleurant à ses pieds. Mon père, est-il donc vrai que vous vouliez assassiner monseigneur d'Orléans?

— Mes pressentimens n'étaient donc pas menteurs!. cette misérable a parlé; elle est venue, sans doute, t'inviter à livrer ton père aux bourreaux du débauché!... j'ai bien fait de venir.

— Mon père!... moi vous livrer aux bourreaux!

— Ne m'as-tu pas déjà livré à l'opprobre, à l'infamie? ne m'as-tu pas délaissé, malgré mes vieux ans? n'as-tu pas, ô honte! suivi un chrétien... Non,

le Juif ne se vengera pas, il baisera même la main qui l'outrage, comme le
chien vient lécher celle qui l'a battue.....
Je t'ai maudite.... je te maudis encore! et
je ne viens chez toi, ici, que pour assu-
rer ma vengeance ; je n'en sortirai qu'a-
lors qu'il aura été frappé, percé de coups,
livré à la colère du tout-puissant... je reste, afin que tu me livres, que tu livres
ton vieux père aux tortures, aux bourreaux, à la mort, ou que, forcée de garder un silence punisseur, tu laisses faire
à la justice du très-haut. Oui je mourrai
de la main du bourreau, ou, sortant d'i-
ci, je verrai son cadavre!...Tu peux aller
me livrer cependant !

— Oh! par pitié !... ce n'est pas vous
qui l'avez tramé ce complot, vous ne
pouvez être un assassin.

— Je te dis que j'ai adhéré à tout, que
je sais tout, que je veux tout... Mais toi,
misérable serpent, que fais-tu encore là,

dit-il, brandissant son bâton? fuis donc, fuis, ne reparais jamais devant moi, misérable, perfide!... La vieille, épouvantée, obéit, et précipitamment gagne la rue déserte....

En vain Lia suppliait, en vain son beau front frappait le sol aux pieds du vieillard courroucé, en vain elle épandait la cendre sur sa flottante chevelure, Jonathasius était inflexible.

— Moi ou lui, répétait-il d'une voix dure : je ne sortirai pas d'ici.... tu peux me livrer!

— Grâce! ayez pitié de moi, c'est me donner aussi la mort!... ses beaux bras serraient les jambes endolories de l'inflexible enfant de Jacob contre son sein brulant.

— Infâme! Madianite, moi ou lui!

Elle se traînait à genoux, et délirante, maudissait Mousque et le Bourguignon complice de son père... de son

père ! alors qu'une de ses femmes entrant précipitamment :

—Monseigneur d'Orléans, Madame ;
monseigneur d'Orléans !

—Je suis perdue !...mon père!!!

— Je vais être vengé, s'il sort!..

— Dieu !

Le vieillard ouvrit la porte du cabinet
des bains :

— J'entre là, si tu lui dis un mot,
je sors et lui apporte ma tête.... parricide ! entends-tu ; parricide, si tu parles !

Louis entra joyeusement, mais à l'aspect de son amante il demeure stupéfait ;
elle semblait mourante, de longs pleurs
coulaient sur ses joues plus pâles que
les lys ; sa chevelure couverte de cendre, le désordre de ses vêtemens, tout
accusait une scène extraordinaire, une
scène de désespoir. Ce n'était point ainsi
qu'elle avait coutume de l'attendre.

— Que signifie cela ?.... pourquoi,

14

ajouta-t-il d'un air mécontent, ces pleurs,
cette cendre qui souille ces beaux cheveux?... qu'est-il donc arrivé? Lia, pour
l'amour du ciel, pourquoi pleures-tu?
est-ce ainsi que tu dois me recevoir?
est-ce donc quelqu'une des sales céré-
monies de ta sacrilége religion?... je ne
l'aime pas, je t'en avertis.

Ici on entendit quelque bruit dans
le retrait des bains; Lia tressaillit, et
sembla près de tomber morte. Le duc,
de plus en plus étonné, voulut appeler les suivantes de la jeune Juive; mais
aussitôt rassemblant ses forces, elle
se jeta à ses pieds, et d'une voix san-
glotante :

— N'en faites rien, Monseigneur,
n'en faites rien !

— Eh! pourquoi? as-tu donc perdu
l'esprit, ma chère enfant, encore une
fois que signifie tout cela? si tu n'es pas
folle, je ne sais plus que penser; tiens,

regarde – toi dans le miroir , et vois
comme tu es faite !... gâter ainsi une si
amoureuse chevelure ! petite follette , je
ne te le pardonnerai jamais !

— Oh! Louis , si vous saviez !

— Il ne tient qu'à toi, par mon bon
ange , que je sache ?... Elle gardait toujours le silence ; sa position était affreuse,
son père était là, prêt à paraître au moindre mot, et son amant de plus en plus
mécontent la suppliait , et en vain ! elle
se tordait les bras.

— Allons , petite obstinée , je vois
qu'il est inutile de te presser aujour-
d'hui ; demain je serai peut-être plus
heureux. Mais, n'importe , en me re-
tirant j'interrogerai tes femmes, et sans
doute que j'en saurai assez d'elles pour
deviner le reste.... Il s'avançait vers la
porte....

— Au nom de votre Dieu , ne sortez
pas , s'écrie son amante en s'élançant

vers lui, l'enlaçant dans ses bras, Louis
ne sortez pas, ou je meurs!! Il s'arrête
et la regarde fixement : la maladie de mon
frère est donc contagieuse ; pensait-t-il?

— Il faut que vite, ma chère Lia,
je t'envoie maître Allegret, le médecin ;
certainement ta raison est égarée, ce
mystère d'ailleurs commence à me devenir suspect.... demain je saurai bien....
laisse-moi.

— Non, non, disait toujours la jeune
femme hors d'elle, et véritablement égarée, le serrant avec force, s'attachant
à lui comme un lierre flexible, une
vigne aux rameaux vagabonds ; non,
non, tuez-moi, tuez-moi plutôt!

— Lia, reviens à toi, je t'en prie.

— Non, non... et elle le serrait de
plus en plus, redisant : au moins, je
mourrai avec toi!....

— Ceci devient par trop pénible, dit
le duc... qui sait, pensa-t-il tout-à-coup,

si le malin esprit ne s'est point emparé
d'elle ; après tout , c'est une Juive ! cette
idée le fait frémir , il se débarrasse des
bras qui l'enchaînaient , et ouvrant enfin
la porte....

Elle tombe à genoux !....

— Ne sors pas , te dis-je , des assassins t'attendent !....

Mais alors le cabinet des bains s'ouvre , et Jonathasius paraît.

— Un homme ici , un homme qui
m'écoutait , caché là !....

— C'est mon père !

— Décidément , ma chère Lia , reprit le duc après un court instant de
silence , ceci ne fait que me persuader
de plus en plus de la vérité de mes pensées.... mais au moins je devine ou à peu
près maintenant ; une autre fois seulement , que votre père choisisse mieux
ses heures.... en vérité , il y a de quoi
rire à le voir stupéfait , me regardant,

les yeux hagards , la bouche entr'ouverte. Vraiment il n'est pas beau !... les
vilains haillons.... Dis donc, bonhomme,
ne peux-tu donc acheter une robe?
est-ce pour cela que tu es venu comme
un vieux démon tourmenter ta pauvre
fille , et troubler les plaisirs de ton seigneur et maître? moi , le frère de Monseigneur le Roi !....

— Louis ! !

— Anathème sur toi, débauché ! sors,
sors , et tu connaitras la vengeance du
seigneur ; va , ton corps bientôt sera
trouvé gisant dans la boue , et les chiens
lécheront tes plaies !

— A merveille , mon bon prophète,
tu connais l'Ecriture ; j'aime l'érudition,
continue : mais s'il me prenait envie
de faire le prophète aussi , à mon tour,
et de te prédire que tu seras pendu
haut et court , entre deux chiens : que
dirais-tu ?

— Je suis prêt à endurer toutes les douleurs, la mort la plus cruelle ! répondit le vieillard avec exaltation ; je l'ai dit, elle sera parricide, que la volonté du seigneur s'accomplisse !

D'Orléans partit d'un nouveau rire...

— Adieu, honnête fou, il se fait tard, et malgré tout le plaisir que j'ai à entendre un Juif citer l'Ecriture, il faut songer à regagner mon hôtel.

— Va, le bras de l'ange exterminateur est levé !.... va, que la volonté du seigneur éclate !

— Ne sortez pas, encore une fois, Louis, les hommes du duc de Bourgogne vous attendent pour vous assassiner !

— Ha !.... mais puisque nous en sommes revenus à ce sanglant mystère, voyons, pourquoi mêles-tu le nom de mon digne cousin, actuellement cou-

ché tranquillement dans son hôtel, comme un bon bourgeois qu'il est, à des
meurtriers qui m'attendent, à mon corps
que l'on doit trouver dans la boue, à
Jésabel, à de la cendre sur de beaux cheveux, à la venue de ce digne Juif, que sais-
je moi ! le diable, ainsi que je le crois,
vous possède-t-il donc tous les deux ?

— Mon père n'est point coupable, le
perfide Moïse Mousque a seul aidé le
duc de Bourgogne : encore une fois ne
sortez pas, les routiers vous attendent !

— Elle dit vrai, mais ce n'est pas
Moïse, c'est moi, moi seul qui, voulant me venger, ai tout approuvé, ai
tout ordonné ; fais-moi donc conduire
au gibet. Cette prostituée m'y verra avec
joie, et elle pourra continuer en paix
ses débauches dans cette nouvelle Gomorrhe, jusqu'à ce que pourtant le
feu du ciel ou le poignard d'un ennemi

ait vengé le pauvre vieillard.... fais appeler tes gens : je l'ai dit, elle a parlé, je veux mourir !....

— Tout le monde ici est incontestablement aussi fou que mon très-cher et royal frère ; maître Allegret aura de la besogne.... Moïse, le duc de Bourgogne, Gomorrhe, un vieillard qui veut qu'on le pende, une femme qui pleure et se désespère ; je veux être à jamais privé du ciel si j'y comprends quelque chose.... Lia, ceci commence à devenir un peu trop prolongé ; cependant pour calmer tes craintes folles, mais qui au moins me prouvent ton amour, je te dirai que je sors à l'instant de chez mon cousin de Bourgogne, qui d'ailleurs est incapable de tramer un assassinat !... par égard pour toi, je ne fais pas chasser ce vieux possédé d'ici, à grands coups de boulaies, ou plutôt je ne le ferai pas pendre ainsi qu'il le désire ; mais

qu'il se garde pourtant bien de repa-
raître à mes yeux. Néanmoins, comme
il m'a diverti, je lui ferai donner une
robe neuve et un écu d'or... Demain,
sans doute, quand tu seras plus calme,
tu me diras ce qui a pu causer cette
scène qui me déplaît fort ; elle m'a
privé du plaisir de te voir belle, aimable et d'entendre ta citole.... Lia, je re-
viendrai demain, et j'espère que des
parfums auront embaumé ces belles
tresses d'ébène, j'espère que ces yeux
ne laisseront plus tomber de pleurs....

Ayant appelé les femmes de la belle
Juive, il leur recommande d'en prendre soin, et veut se retirer... Lia se jette
encore à ses pieds, veut qu'il envoie
chercher une escorte, prie, supplie,
pleure.... Louis est inflexible, et trai-
tant ses craintes de chimères, se hâte
de sortir, lui promettant toutefois, pour
la tranquilliser, de lui envoyer un de ses

officiers dès qu'il serait rentré à l'hôtel de Bohême, où il allait, disait-il en souriant, rêver encore à elle : à demain, fut son dernier adieu !....

Lia était tombée dans les bras de ses femmes, et tandis qu'elles la secouraient, le vieux Jonathasius, un fou sourire sur les lèvres, le doigt tendu vers la porte par laquelle s'était presque évanoui le duc d'Orléans, restait immobile dans la position de ces anges qui montrent le ciel. Le vieil Israélite semblait dire à sa fille, regarde-le, c'est pour la dernière fois !....

Elle reprit ses sens, et tressaillit à l'aspect de son père qui la regardait si fixement ; elle frémit à la vue de cette joie barbare qui brillait jusques dans ses vieux rides :

— N'entends-je pas des cris? écoutons !

— C'est le vent qui siffle dans les barreaux des fenêtres, Madame.

— Oh! j'ai entendu du bruit... des cris!...

Cependant le vieillard, par une sorte d'instinct, faisait comme l'inventaire des meubles qui se trouvaient dans le retrait, et murmurait entre ses dents des paroles sévères contre ce luxe dispendieux : brûler des parfums si chers! se disait-il courroucé, des parfums d'orient! la misérable s'est donc vendue pour cela, pour de l'or!... n'en ai-je donc point, moi?... Ceci le ramena à sa pensée dominante; ridant affreusement son front chauve, il prononça sur sa malheureuse fille les imprécations les plus terribles, et sortit en disant qu'il allait voir mourir celui-là qui l'avait vouée pour toujours à l'infamie, à la gehenne de feu!

— Tu me verras encore une fois, fille

maudite, mais c'est quand j'aurai la nouvelle de sa mort à t'annoncer.... et fasse le dieu de mes pères que je sois bientôt de retour !

En vain elle a voulu s'opposer à ce que son père quittât la maison à une telle heure, dans un pareil moment, et seul, lui, un vieillard, un Juif, voué au mépris, à la mort, s'il était rencontré.... mais s'il allait être témoin du crime, s'il allait bientôt revenir !!... les derniers bruits des pas de son père étaient venus mourir dans son cœur.

Le silence de la petite chambre n'était plus troublé que par le bruissement de ses larmes. Les parfums brûlaient toujours, la citole était toujours là ; elle semblait frémir et soupirer des plaintes, et Lia écoutait.... quels tourmens ! quelle attente ! à chaque instant elle croyait ouïr les pas d'un homme dans l'étroit corridor ; il lui semblait qu'elle allait voir rentrer son père, les mains teintes

du sang de son bien-aimé sire !... il lui
semblait voir errer, danser, folâtrer
autour d'elle des fantômes, des spectres, tous ayant les mêmes traits, les
traits sévères de Moïse Mousque, éclai-
rés, épanouis, d'une affreuse joie, et
lui montrant du doigt la porte par où
elle avait vu sortir son amant pour la
dernière fois, avait dit son père : pour
la dernière fois, répétaient les fantômes,
c'est pour la dernière fois !!...

Et son géniteur, si demain saisi par
le froid, on allait trouver son cadavre
sur le ruisseau gelé !... si les brigands,
le guet, les écoliers de l'université le ren-
contraient et le reconnaissaient pour un
Juif !.... Pauvre Lia ! pauvre Lia !!.... et
seule, ainsi délaissée, en proie à tous
les maux, en horreur aux siens et mé-
prisée de tous.... de lui, peut-être !....
une Juive !!

Hélas ! le malheureux Louis, qui sait?
à cet instant même le poignard se plonge

dans son sein !.... Lia poussa un cri déchirant, et se leva égarée montrant devant elle comme une apparition ; il lui semblait avoir vu son amant traverser le retrait, pâle, sanglant, horriblement mutilé de blessures, d'où le sang coulait encore.... On entendit alors le galop d'un cheval....

— Paix ! écoutons bien... il entre dans la cour....

Un officier du duc d'Orléans venait annoncer que son maître était rentré paisiblement à l'hôtel de Bohême.

Le prix du sang.

C'est combien, mon bandit ?
Seigneur, c'est dix pistoles.

Ballade du Brigand d'Italie.

L'argent en chair et en os.

DE BALZAC.

JONATHASIUS s'était réfugié chez son ami Mousque. Il était, le lendemain de la nuit où ses sanglantes espérances avaient été déçues, assis au foyer du négroman qui, les yeux étincelans, et

15

pâle encore de colère , se promenait
dans une agitation à peine commen-
çant à se calmer.

Le vieillard lui avait narré la scène
de la veille , et il frémissait encore de
voir qu'avec tout autre que le duc d'Orléans , non-seulement leur vengeance
serait devenue sans espoir aucun , mais
qu'eux-mêmes seraient probablement,
en ces mêmes instans, la proie des bourreaux. Moïse avait accablé son vieil ami
de reproches , et avait de suite fait jeter
dans une de ses caves la trop bavarde
Abigaïl. Cela fait , il avait été plus
calme , d'autant qu'il savait le duc n'a-
voir rien perdu de son aveuglement,
et que même , grâce au malentendu de
Jonathasius qui avait cru que l'exécution devait se faire le soir même, Orléans n'avait pu qu'être raffermi encore
dans son insouciante et trompeuse sé-
curité. Néanmoins Moïse se reprochait

tellement son indiscrétion, qu'il se ju-
rait de ne laisser sortir son vieil ami,
que leur vengeance achevée.

— Un homme de votre expérience,
Jonathasius! ce n'est point pardonna-
ble.... Le père de Lia s'excusait sur sa
servante, qu'il avait soupçonnée être
allée pour tout dire à sa fille.

La sérénité avait reparu sur les traits
de Mousque; il espérait qu'il ne serait
point privé du prix sanglant que sa haine
avait obtenu de celle de Raoul d'Octonville.

— Ce sera pour ce soir, Jonathasius, dit-il en se frottant les mains, et
faisant claquer ses doigts minces et secs,
car il va souper chez la reine : tout est
préparé.... et la nuit sera sombre, et il
passera devant l'embuscade.

— Et il y sera taillé en pièces, ajouta
le vieillard, comme les Benjamites près
de Gabaa....

— Il faudra ensuite reprendre votre fille, et nous irons nous réfugier tous les trois dans un pays moins hostile à notre culte.... là, vous pourrez la punir à loisir, et peut-être qu'après une longue, une salutaire expiation, je pourrai, dit-il encore d'un air sombre et féroce, consentir à la nommer ma chair....

Jonathasius ne répondit que par un lugubre soupir....

Mais parlons d'autres choses maintenant, mon digne ami, vous savez que le duc de Bourgogne aurait un besoin immédiat de trois mille écus d'or?... je me suis engagé à les lui procurer.... La figure du vieux Juif prit un air solonnel, ses traits devinrent presque sans expression, et ses yeux se fixèrent sur ceux de Moïse....

Je compte sur vous, cher Jonathasius, et d'autant plus que cet argent servira d'instrument pour accomplir no-

tre vengeance. Vous avez fait le plus se-
crètement possible transporter un lourd
coffre chez moi.... il ne faut à Monseigneur que trois mille écus d'or...

Le vieillard soupira.

— Moïse, dit-il enfin, j'ai été livré
aux tortures par des gens qui, au dire
de celui-là paraissant leur chef, semblaient appartenir à ce duc de Bourgogne ; j'ai été volé, nous avons tous
les deux couru risque de la vie, il me
semble donc qu'il serait équitable que
l'on me payât ce qui m'a été pris, que
l'on me payât mes douleurs, mes craintes, les injures dont nous avons été couverts, le mépris qu'on a fait du nom
de monseigneur de Bourgogne, dont
en vain nous nous étions réclamés ;
Moïse, cela serait plus que juste.

Le négroman sourit....

Oui, plus que juste ; il faut donc que
je puisse retenir tout cela sur la somme,

et je la livrerai avec les courtages d'u-
sage , que nous partagerons en frères ,
Moïse.

—J'accorde tout, Jonathasius ; Raoul,
au nom du duc, en passera par tout
ce que nous voudrons....

— Et les sûretés?

— Fiez-vous à moi, encore une fois,
je vous réponds de tout....

—Je n'aurais pas donné la coupe pour
cinquante écus d'or.

— Allons , allons , dépêchons ; vous
aurez pour le tout deux cents écus ; j'en
veux cent , cela fait trois cents écus
d'or ; pour le courtage.... sept cents....
c'est honnête.. bien.... donc voici une cédule de quatre mille écus, vous en li-
vrerez trois mille : nous allons les peser.

Le père de Lia prit la cédule , l'examina avec attention ; elle était en bonne
forme apparemment, car il la serra soigneusement dans une bourse de cuir ca-

chée sous sa vieille robe, et il se levait,
pour trébucher les angelots et moutons
d'or, lorsqu'un tapage, qui venait de la
pièce précédant celle où ils étaient, le
força de suspendre sa marche mesurée,
lente et circonspecte, assez semblable à
celle d'un vieux rat qui sort de son trou,
effleurant à peine le sol....

— Je te dis que je veux et que je dois
entrer, bélître!... je suis écolier de l'université, et un chien comme toi ne m'ar-
rêtera pas une minute. On m'a dit que
je trouverais ici un honnête Lombard
qui, en attendant qu'il soit boullu, s'a-
muse à voler les pauvres chrétiens forcés
d'avoir recours à son escarcelle; mais,
n'importe, ôte-toi de là, j'ai à traiter avec
lui. Jean Cordelant entra, ou plutôt se
précipita dans la salle, comme il eût pu
faire le soir dans un clapier mal famé.
A sa vue, le vieillard sentit ses jambes se
dérober sous lui, il resta stupéfait dans

la position perpendiculaire où il se trou-
vait alors ; Moïse Mousque eut un moment d'effroi... Tous deux avaient parfai-
tement reconnu le brigand, le démon
qui naguère avait présidé en quelque sorte
à leur trépas ; car, sans l'arrivée inattendue du secours, il est certain que leur
mort aurait été accomplie, et quelle
mort !

Cordelant les reconnut aussi, mais il
se prit à rire si bruyamment qu'il s'en
tenait les côtés.

— Par la gorge de saint Joseph ! la
rencontre est heureuse, mes dignes
frères.

— Brigand, scélérat, viens-tu encore
me déchirer les membres pour avoir mon
or ? Viens-tu me voler, m'assassiner, me
torturer, me brûler ?

— Au contraire, vieux Juif, je viens
t'apporter de la bonne argenterie.

— Ah ! dit Jonathasius, tu viens,

poussé par tes remords, me restituer la coupe et les autres pièces que tu m'as volées.... mais, ajouta-t-il considérablement adouci, les souffrances que tu m'as fait subir....

— Il paraît qu'elles ne t'ont pas fait mourir, répondit impudemment l'écolier ; ces Juifs ont la peau aussi dure que celle des vieux pourceaux.... mais retiens ta langue vipérique, car je te préviens, et tu dois le savoir, que je ne suis pas endurant.

Cependant Moïse avait appelé ses autres valets, et s'était armé d'un poignard.

— Qu'on aille quérir le guet, disait-il.... le prévôt !

— Le guet ! le prévôt ! qu'ils viennent, je suis écolier de l'université, et protégé par monseigneur de Bourgogne ! Il dit, et fit voir le jour à sa lame. Pour vous, vilains, si vous m'approchez, par

les entrailles saintes de Jésus-Christ! je
vous la fais avaler jusqu'à la monture....
c'est de dure digestion, je vous en avertis, mes enfans.

— Que viens-tu faire ici, demanda
Mousque?

— Cela ne te regarde pas, ribaud!....
Mais après tout, pour en finir, et il le
faut bien, lequel de vous tous est Moïse
Mousque?

— Hé bien, c'est moi.

— Alors prends cette lettre que le sire
d'Octonville m'a chargé de te remettre,
et laisse-moi traiter avec le digne Lombard qu'on m'a dit habiter avec toi, et
qui ne peut être que mon vieux torturé à
la peau dure. Il avait jeté la lettre à Moïse, et assené un vigoureux coup de plat
d'épée au groupe de valets, attendu qu'ils
avaient fait mine de bouger.

— Qu'on nous laisse, dit le négroman
après avoir lu; il paraît que messire

d'Octonville a de belles connaissances....
mais n'importe.

— Juif, sorcier ou diable, tais-toi, si
tu veux conserver ta barbe ou tes oreilles, car, par l'université, la patience
n'est pas ma vertu, et je ne pratique
guère l'oubli des injures.... Voyons, toi,
pourrons-nous trafiquer ensemble? combien veux-tu me donner de cette belle
coupe dorée?... Il montre à Jonathasius
sa propre coupe, la coupe de son père,
celle à laquelle il tenait tant !

— Dieu de mes ancêtres, ma coupe !..
et il s'élança dessus; mais Jean la reti-
rant soudain :

Un moment, combien en donnes-tu,
là, en conscience?...

Le vieux argentier recommence ses
doléances, ses cris, ses injures, auxquels l'irascible Cordelant répond par
d'horribles juremens et imprécations,
jusqu'à ce que Moïse, las de cette igno-

ble et bruyante scène, ait dit avec humeur au Lombard rapace :

— Maître Jonathasius, votre coupe
vous a été payée, si j'ai bonne mémoire,
il n'y a pas un quart d'heure ; ainsi, si
vous m'en croyez, vous la retirerez des
mains de ce jeune homme au plutôt, et
vous irez préparer la somme convenue,
car le sire d'Octonville m'écrit qu'il viendra la prendre à quatre heures.... Il paraît, continua-t-il d'un ton plus bas, que
c'est bien aujourd'hui ; dépêchez, dépêchez donc, Jonathasius, car nous avons
autre chose à penser et à faire.

— Le sorcier a raison, dit Cordelant,
dépêchons, car j'ai aussi autre chose à
penser et à faire : combien en donnes-tu?
vite.... tu dois savoir combien elle vaut,
puisqu'elle t'a appartenu. Allons, dix
écus d'or, et elle est à toi, hem?

— Dix écus d'or! y pensez-vous, jeune homme?

— Huit ?

Jonathasius fit encore un signe néga-
tif.... Enfin, après qu'ils eurent encore
échangé quelques injures, l'écolier re-
çut cinq moutons d'or, et remit la coupe
au vieillard enchanté....

— C'est pour ce soir, Jonathasius,
s'écria Mousque, alors que Cordelant fut
parti, c'est pour ce soir! et il frappait
de son poignard sur la table et les bancs.

— Oh! la journée sera heureuse, je
n'en doute point, répondit Jonathasius,
car j'ai retrouvé la coupe de mon père!

— Tâchons de contenir notre joie......
nous n'avons plus guère que huit heures
à attendre.

La Hache d'armes.

Pour les fêtes des dieux la hache préparée.

VOLTAIRE.

Ville de bruit et de fange.

J. J.

LE petit page était sorti bien tard de l'hôtel Barbette! O madame de Qévrain! Je ne sais ce qu'elle avait pu dire à Jacob, mais, ce qu'il y a de sûr, c'est qu'il avait comme perdu le souvenir de la

scène du cabinet, et qu'il était plus
épris, plus énamouré que jamais; lui
qui pourtant avait juré la veille de ne
plus la revoir, maintenant il était prêt à
soutenir en champ-clos la beauté de sa
dame, et à confondre, le fer à la main,
les mal-disans et les mauvaises langues
qui, Dieu le sait, n'ont jamais été peu
nombreuses à la cour.

Jacob de Merre était donc sorti de
grand matin de l'hôtel Barbette par la
petite porte, et ce n'était plus le même
jeune homme, oh non! Qui l'aurait vu
la veille, et qui eût pu le voir alors, la
tête haute, la démarche assurée, l'œil
brillant d'amour et de joie, traversant
d'un pas léger les rues fangeuses du
brumeux Paris de novembre, et faisant
siffler sa houssine en chantant, aurait
dit : Est-ce donc là ce page, encore hier
si timide, et rougissant quand une dame
le regardait, le sourire sur les lèvres?

Mais il manquait quelque chose au
bonheur du jeune de Merre, il n'était
pas chevalier, il ne pouvait pas encore
faire triompher dans les tournois les couleurs de sa dame, de la dame qui lui était
alors plus chère que la vie!............ n'importe, l'avenir lui apparaissait, paré des
plus riantes couleurs de l'espérance! Son
maître l'aimait, et il avait su aussi, le gentil
Jacob, mériter les bontés de la reine, à
laquelle d'abord il avait été attaché; n'é-
tait-ce point elle qui l'avait donné à monseigneur d'Orléans? puis il sentait en
lui quelque chose lui disant qu'il n'é-
tait pas fait pour rester ignoré dans les
rangs de la foule; non, son courage lui
assurait fermement qu'il saurait mériter
les récompenses que la faveur de son
maître lui promettait. Il était si heureux,
le pauvre jeune homme, si heureux de
son premier amour! il aimait tant! il
était si sûr d'être aimé!

Il cheminait ainsi, l'âme entière plon-
gée dans les songes dorés de l'espoir,
maudissant néanmoins parfois les ma-
nans et ribauds qui l'éclaboussaient vilai-
nement sans aucun respect pour sa toque, alors qu'au détour d'une rue, son
odorat, saisi d'une exhalaison puante,
l'avertit de faire attention à ses pas, s'il
ne voulait aller finir ses doux songes dans
quelque fossé d'immondices ou quelque
cloaque voisin ; un gros porc, qui en
grognait de plaisir, pataugeait dans la
fange avec délice, et semblait se plaire
à parfumer l'air épais de la rue de mias-
mes grossiers, tant il se démenait du
groin, et de ses pieds courts, peints
d'une épaisse et luisante couche de boue;
un enfant était monté sur le dos du pourceau, et chantait à tue-tête de sa petite
voix grêle et criarde :

Duc de Bourgogne,
Dieu te maintienne en joie !

cela mêlé aux grognemens de satisfaction
du compagnon de saint Antoine, et aux
cris d'une troupe de petits écoliers qui
tourmentaient à plaisir le pauvre animal,
l'un le tirant par la queue, l'autre s'efforçant de détroner son camarade chantant le refrain du Bourguignon, celui-ci
battant celui-là, cet autre pleurant d'un
horion, tout cela, dis-je, ne devait pas
plaire à Jacob, et surtout la chanson ; à
sa place vous auriez fait comme lui sans
doute, c'est-à-dire que déjà vous auriez
froncé le sourcil et balancé votre menaçante houssine ; mais voilà que, pour
achever le pauvre page et le désenchan-
ter de ses rêves poétiques, le porc,
poussé à bout par la troupe batifolante,
se vautre dans la fange, s'y débarrásse
du petit drôle qui talonnait ses flancs et,
se relevant soudain, s'élance aux cris de
joie de la petite troupe, noir et tout cui-
rassé de boue.

S'il ne renversa point le page, au moins le couvrit-il complètement d'une pluie de puanteurs, et le rire des enfans n'eut plus de bornes; ils se mirent à huer Jacob, jurant de tout son cœur, et à danser devant lui; on eût dit d'une bande de petits diablotins avec leurs faces rouges, leurs cheveux crépus et sales, leurs joues rebondies et tachées de longues raies boueuses, grises, noires, jaunes.

Jacob n'y tint plus, et jurant plus fort, distribua d'une main libérale de si vigoureux coups de badine, qu'en un moment les cris de joie et de moquerie furent changés en pleurs et lamentations discordantes.

Alors une douzaine de femmes, la plupart mères des petits tapageurs, sortent irritées de leurs chambres, échoppes ou maisons, et toutes se mettent à crier haro sur le page. Ce torrent d'inju-

res est bientôt suivi d'une grêle de pierres, renforcée qu'est la troupe féminine
de trois ou quatre vigoureux compères
aussi habiles à manier le bâton que la
mâchoire à table. De Merre fut à la fin
trop heureux de pouvoir se réfugier chez
un armurier de sa connaissance.

L'armurier polissait alors la garde d'une
miséricorde, tandis que deux de ses gar-
çons, habillés proprement, montraient
des haches et des dagues à deux écuyers
dans la salle du fond. Les yeux de Jacob
s'arrêtèrent sur une belle et forte hache
d'armes à bec de faucon, tout fraîchement
émoulue, et luisante comme un fin miroir.
Le jeune homme s'en saisit avec avidité, la
contempla avec plaisir, passa plusieurs
fois le doigt sur son tranchant affilé, en
admira la trempe supérieure, et maniant
l'arme redoutable avec plus d'adresse
que de force, dit :

— Maître Barnabé, voilà un beau
joujou.

— Oui , messire page , et qui bien
manié ne doit jamais frapper qu'une
fois... trempe excellente , double tranchant : bonne arme !

— Oui , sur mon ame , disait Jacob,
toujours jouant et s'escrimant avec : c'est
une bonne arme ; est-elle vôtre ?

— Non , messire , elle appartient au
sire d'Octonville , de la maison du duc
de Bourgogne, qui me l'a envoyée avant-
hier, avec ordre de la repasser avec soin,
pour aujourd'hui la matinée.

— Raoul d'Octonville?

— Oui , messire.

— Est-ce donc, poursuvit Jacob, que
son maître a envie d'entrer en campagne,
que ses gens font repasser leurs armes?..
mais vraiment je le voudrais de tout
mon cœur, car si la bannière au bâton
noueux allait encore à l'encontre du rabot, par le Dieu du ciel, je gagnerais
mes éperons, et....Cette hache est bonne

et me plaît ; c'est dommage qu'elle ne soit point à vendre , maître Barnabé.

— J'en ai qui la valent , messire , mais la paix est faite entre nos princes , et de long-temps sans doute , n'entrerez en campagne.

— Qui sait , répondit en riant de Merre , ce n'est pas la première fois qu'ils se réconcilient.

— Non , mais cette fois....

—Il est vrai qu'ils ont juré sur la sainte hostie.

— Et qu'ils ont communié chacun avec une de ses moitiés.... oh! cette paix est sincère, et je m'en réjouis.

—Franchement, Barnabé, je la crois telle ; mais ensuite que diable vous fait la guerre ou la paix entre nos princes ? en vendrez-vous moins d'armes ; ils sont bons, ces bourgeois ! mais si la paix est faite entr'eux, elle n'est point faite avec l'Anglais, et nous guerroyerons sans doute bientôt encore avec lui ; alors, maître , je vous acheterai une hache, et la paierai ce que vous voudrez, si elle ressemble à celle-ci ; je crois vraiment que je fendrais mon homme : la belle arme !

—Je vous en promets une aussi bonne, messire page, vous pouvez vous en fier à moi.

— Je sais que vous êtes bon fourbisseur, maître Barnabé, dit, en posant enfin la hache d'armes, Jacob qui, voyant la rue libre, se disposait à reprendre le chemin de l'hôtel de Bohême ; ainsi nous en reparlerons, et ce sera pour ma première visite.

— Quand vous voudrez, messire, quand vous voudrez....

Le jeune page arriva sans encombre à l'hôtel, où sa venue et son costume défait et plein de boue excitèrent de joyeux rires, de malins propos. Surtout Henry du Châtelier se prit de plaisir à le tourmenter au sujet du bal de la veille et de sa nuiteuse absence. Ensuite il lui dit que son maître l'ayant déjà demandé plusieurs fois, il n'avait rien de mieux à faire que d'aller se hâter de changer de vêtemens et reprendre son service.

— Nous devons aller ce soir à l'hôtel Barbette, voir la reine, Jacob ; ainsi vous ne serez pas long-temps privé du bonheur de la revoir ; cela doit vous encourager.... mais voyez s'il ira dans sa chambre.... heureusement que Monseigneur est d'une gaîté folle aujourd'hui, sans cela, petit Jacob...

— Bah !...

La Sécurité.

Le Lazzarone qui s'endort au pied du
Vésuve, fait mal à voir. .....

LADY MORGAN.

ORLÉANS s'étant enfermé de bonne
heure avec le prieur des Célestins de
Paris, s'était, avec beaucoup de plaisir, occupé de sciences et de religion,
et comme il faisait chaque fois, il avait

promis au père de s'amender et d'aller
bientôt chanter encore les psaumes à
son couvent, comme le plus simple de
ses religieux. En effet, Louis n'était
réellement jamais plus content que là,
là et près de la jeune Juive, et encore
quand il cueillait des baisers sur les
lèvres roses de Mariette de Canny.

Oh! il avait fait bien des choses, le
duc d'Orléans, cette matinée! il s'était
d'abord occupé des affaires de l'état,
c'est-à-dire qu'il avait envoyé chercher
de l'argent chez le trésorier, et fait donner la bastonnade à un vilain assez mal
appris pour demander le prix de ses
fournitures. Il s'était de plus enquis de
l'affaire du pape d'Avignon contre le
pape de Rome ; puis il avait causé, ba-
tifolé, ri, chanté avec sa Mariette ;
rimé une chanson, lu quelques vers
du roman de la rose, quelques ver-
sets dans une belle bible coloriée, à

fermoirs enrichis de pierres précieuses ;
puis enfin il avait parlé avec le prieur.
Ah ! j'oubliais de dire qu'il s'était occupé aussi de la fête qu'il devait donner le dimanche au duc de Bourgogne,
et dont on faisait déjà les préparatifs ;
car il voulait qu'elle fût belle, et que surtout on en parlât ; il devait y avoir des ban-
quets, des représentations de mystères,
des sotties, des mascarades ; on y devait
chanter, danser, rire, que sais-je, moi !
et ce bon duc, il avait encore écrit à
sa femme, la pauvre reléguée de Châ-
teau-Thierry ; il s'était surtout occupé,
dans cette lettre, de son petit Dunois,
qu'il lui avait confié , à cette bonne Valentine, et qu'elle élevait avec ses autres
enfans ; Mariette de Canny était sa mère
pourtant.

Que de choses il avait donc faites,
ce bon duc, en si peu de temps ! ce
ne fut pas encore tout néanmoins. Il

remit à Jacob, dont toute la punition
fut d'être agréablement plaisanté, il remit à Jacob une lettre et un beau dia-
mant, en lui disant de les porter de
suite où il savait. La lettre disait à
Lia qu'il viendrait à onze heures à sa
sortie de chez la reine. Il l'aimait plus
que jamais, et tellement qu'il bravait
pour elle les saintes menaces de son
confesseur. Mais il avait formé un pro-
jet.... car il espérait bien l'arracher un
jour à sa vilaine religion, et alors... A
onze heures, ma Lia, à onze heures,
ton amant sera près de toi!

Jacob porta cette lettre, et la jeune
fille fut si heureuse qu'elle oublia les
scènes de la veille, et jusqu'à ses ter-
reurs et ses pressentimens..... Lui aussi
Jacob, il était heureux, ce soir chez la
reine, et après il saura bien, sans doute
encore, trouver le chemin de la galerie de l'hôtel, oui, certes! Alors imi-

tant son maître, le petit page, s'inspirant de son amour, résolut de chanter sa dame comme un enfant de la gaie science.

Préludes.

Qui veut la fin veut les moyens.

La Société de Jésus.

Il était près de cinq heures du soir,
tous les hommes de la maison de l'i-
mage Notre - Dame étaient rassemblés.
A la lueur d'une lanterne de corne ,
on pouvait les voir silencieusement assis
le long des bancs de la vieille salle ;

17

tous ont l'air sombre, contraint, embarrassé ; tous sont là, comme pressentant un événement terrible. Devant eux sont d'énormes outres de vin ; jusqu'alors personne n'y a touché. La Rescousse s'entretient avec Guillaume de Courtcheuse, et tous les deux sont pâles, tous les deux jettent sur leurs compagnons des regards de plus en plus sanglans : ainsi des étincelles brillent dans la fumée. Seul, Cordelant toujours bruyamment gai, toujours insolemment railleur, chante une chanson licencieuse, apostrophe ses compagnons muets, et bat d'un poing nerveux la table qui retentit.

Les armes, qui jusqu'alors étaient restées suspendues le long des murailles, sont rangées en faisceaux, et de nombreuses bourrées, des bottes de paille ont été amoncelées çà et là. Cinq heures étaient à peine sonnées que trois coups sont frappés à la porte !... tous les com-

pagnons tressaillirent ; un silence sépul-
cral régna dans la chambre....

Raoul entre, suivi d'un homme en-
veloppé avec soin dans un grand manteau de couleur sombre, un chaperon
assez semblable à une capuce, cachait
soigneusement ses traits. Ils s'avancèrent, et la lanterne du sire d'Octonville éclaira les traits féroces des routiers,
et les couvrit d'une teinte rougeâtre... ils
étaient restés immobiles sur leurs bancs :
on eût dit d'un conciliabule de démons,
d'un sabbat de voleurs.....

Raoul, toujours suivi de l'inconnu,
fit le tour de la chambre, et examina
une à une les figures des ces hommes,
puis il dit à demi-voix : Vous voyez
quels ils sont? L'inconnu fit un signe de
tête, et tous deux passèrent dans la
seconde chambre qui donnait sur la
cour obscure de la maison. Raoul y posa,
sans mot dire, sa lanterne sur les pa-

vés grisâtres , et rentra soudain dans
l'autre pièce. L'inconnu se vit seul....
oh! bien seul !....

Il ouvrit la fenêtre , car il étouffait,
sa respiration était pénible, de longues
gouttes de sueur tombaient lentement
de son front le long de ses joues pâles.
Il contemplait le ciel si profondément
sombre , que c'était à peine si les cheminées , les toits des maisons décou-
paient à l'œil leur ligne anguleuse et
un peu moins noire , et il laissait tomber un regard plus fixe et plus terrible encore sur le long triangle blafard
qu'allongeait sur les pierres du sol ,
la lumière de la lanterne. Il crut y voir
de longues traces de sang.... il entendit un cri , c'était le cri funèbre de la
chouette.... Un oiseau s'abattit sur l'appui de l'étroite fenêtre ; c'était un corbeau : il secoua ses ailes humides et
sembla pousser des cris impatiens.....

l'air était comme plein de gémissemens plaintifs, monotones, de rires amers, moqueurs et qui faisaient mal....

Des mouvemens d'impatience échappèrent à l'inconnu, et brusquement il s'approcha de la porte, attiré par une sourde clameur : une fente assez large lui permit de regarder....

Alors que Raoul fut rentré, il avait promené quelque temps en silence un regard scrutateur sur l'assemblée dans l'attente.... Echangeant avec l'écolier un coup-d'œil d'intelligence, il se débarasse de son manteau et jette sur la table deux sacs de cuir. Il les répand avec bruit, et un monceau d'or vient réjouir les yeux des malandrins : tous se lèvent d'un élan, et entourent la table....

— Un moment, dit l'écolier en y enfonçant sa dague tremblante, un moment, cet or n'est point encore à vous.

— Que faut-il faire, demandèrent
tout d'une voix les compagnons.

— On va vous l'apprendre, répondit
Cordelant.

Raoul but un grand coup de vin.

— Compagnons, fit-il ensuite, je dois
d'abord vous déclarer que l'hôtel d'Artois sera votre refuge, l'affaire une fois
faite.

— Et là, dit l'écolier en l'interrompant, prévôt ni diable ne viendront vous
chercher.

—En un mot, poursuivit Raoul, vous
serez sous la puissante sauve-garde de
monseigneur le duc de Bourgogne.

Tous les compagnons se découvri-
rent.

— Diable! murmure Jean de la Motte en hochant la tête, diable!...

— Tout cet or est pour vous, continue d'Octonville en faisant sonner les
beaux écus, et une somme deux fois en-

core plus forte vous est promise.... Je
vous le répète, vous n'avez rien à craindre : toutes les mesures sont prises, des
chevaux nous attendent, l'hôtel d'Artois
nous est ouvert, monseigneur répond
de tout, et c'est moi qui vous comman-
de, c'est moi qui frapperai le premier
coup..... Il devra passer seul dans quelques heures, suivi seulement de deux ou
trois valets, et nous sommes près de
trente bien armés!... et, ajouta-t-il avec
un horrible sourire, la nuit est sombre !...

— Mais quel est-il, celui-là que nous
devons frapper, dit un écorcheur, encore
faut-il le savoir?

— C'est juste, répond Raoul, c'est le
duc d'Orléans....

— Le frère du roi !!!

— Qu'importe, s'écria soudain Cordelant! c'est un traître, un hérétique, un
magicien; il a offensé le ciel par les plus

horribles débauches; il a, par ses malé-
fices, causé la maladie du roi; il oppri-
me le peuple, il pille le trésor; il est condamné par les deux papes, l'université,
les lois divines et humaines; et celui-là
qui dira le contraire, je lui enfonce ma
dague dans sa chienne de gorge, et dis
qu'il a menti...

— Oui, certes, il a menti, dit la Rescousse avec d'affreux blasphêmes.

— Il aura menti, ajouta d'une voix
altérée Guillaume de Courteheuse....

— Est-ce que vous hésiteriez, mes
amis, fit Raoul d'une voix tonnante?...

— Par les entrailles de la mère de
Dieu! celui-là n'est qu'un lâche, ajouta
la Rescousse, et non un homme, un
routier, un brave écorcheur!

— Vive monseigneur de Bourgogne!
et mort au duc d'Orléans! cria l'écolier,
élevant une coupe de vin.

— Vive monseigneur de Bourgogne!

et mort au duc d'Orléans! répétèrent les routiers.

— Plus bas, mes amis, disait Raoul...

— Croix pour sa mort, pile pour sa vie, se dit la Motte, en faisant voler une pièce d'or au plafond : croix! va donc pour sa mort, et buvons!

— Croix! voyez, le ciel est contre lui.

— Oui, par Dieu! et l'université.... d'ailleurs c'est l'affaire de monseigneur de Bourgogne.

— L'essentiel est de ne le pas manquer, fit observer Raoul, car, je le répète, nous ne courons aucuns risques, lui mort, et un peu de courage, il meurt.

— Nous sommes de vieux routiers, dit la Rescousse.

— Je ne frappe jamais qu'une fois, répondit la Motte.

— Je soutiendrai l'honneur du collége de Montaigu, répétait la Capette...

— Ma hache est fraîchement émoulue, pensait Raoul en la saisissant.... Il
prit alors à part et Guillaume et Cordelant, s'entretint avec eux quelques minutes, puis alla rejoindre l'inconnu.

— Quel est-il donc, demanda la Motte, cet autre enfermé là, qui prend tant
de précautions pour se cacher?

— Mon cher Jean, foi d'écolier de
l'université, si tu réitérais ta question,
nous serions obligés de t'occir au plus
vite..... C'est à toi de voir si le jeu t'en
plaît, nos poignards sont prêts....

— Crois-tu donc que je tendrais la
gorge comme un mouton, bélître?

— On ne t'en assommerait pas moins,
comme un bœuf que tu es, vieux débris
de grand chemin.

Cependant les compagnons dépê-
chaient les outres, préparaient leurs armes, et arrangeaient les pailles et bourrées, en divers tas, dans tous les appar-

temens, de manière à ce qu'au premier signal on y pût mettre le feu en un clin d'œil; puis, cela fait, les propos féroces et joyeux, le bruit des pots qui se vidaient, se remplissaient, s'ouïrent avec plus de force.

— Je te joue ma part de cet or contre la tienne, en six coups, dit la Motte à la Rescousse, en tirant une pièce de sa poche, veux-tu?... Ils se mirent tranquillement à jouer. Un autre frottait son épée et son poignard contre une relique, avec beaucoup de soin, espérant par là les rendre plus sûrs, et inévitables même contre la magie. Un vieil écorcheur contait ses exploits à la Capette qui s'escrimait ferme, la masse au poing, contre la muraille. Guillaume et l'écolier, tout en buvant, devisaient ensemble, à demi-étendus sur un banc....

Raoul rentra, son front était soucieux: S'il n'allait pas chez la reine, se disait-

il?... Il se mordait les lèvres, et se ron-
geait les ongles d'impatience et de colère :

— Ton frère est bien lent à donner le
signal... il est près de six heures.

— Maître, mon frère est sûr; c'est
que le duc n'est pas encore passé.

— Il tarde bien.

— Oh! il y viendra, n'en doutez pas,
dit l'écolier, car ma bonne, ma fidèle
dague, ne tient pas dans son étui, et cela
ne m'a jamais trompé, soyez certain
qu'il viendra.

— Que le ciel t'entende! donne-moi
encore une coupe de vin, je ne puis
éteindre la soif ardente qui brûle ma
gorge et ma poitrine.

— Oh! vous pourrez l'éteindre à loisir tout à l'heure....

On entendit le galop d'un coursier, il
s'arrêta devant la maison, quelqu'un

frappa quatre coups, et l'on entendit encore un galop....

— C'est le signal, dit Raoul, silence !
qu'on garde le plus profond silence...

Un quart d'heure après, on entendit
les pas de plusieurs chevaux; et la lumière de plusieurs torches, montant le
long du mur de l'image Notre-Dame,
vint se réfléchir jusque sur les murailles
de la chambre qui recélait les compagnons... Peu à peu la clarté s'éteignit, et
le bruit des pieds des chevaux se perdit
dans les bruissemens du vent.

— Il est à nous maintenant, si Scas
fait son devoir, s'écria Raoul avec un
accent sauvage!

— Il le fera, dit Guillaume...

— Allons, ma bonne petite, tu vas
donc en jouer encore ce soir, se répétait
Cordelant en caressant sa dague luisante.
Mais Raoul va encore vers l'inconnu,
et les routiers reprennent leurs occupa-

tions, boivent ou jouent ; le bruit recommence....

— Il est chez la reine, disait Raoul à
l'inconnu.

— Le ciel nous le livre donc.... N'allez
pas le manquer surtout.

— Fiez-vous à moi, répond le sire
d'Octonville ; j'ai aussi une injure à venger !

Le Piége.

Il se dit de toute machine, de toute
invention destinée à surprendre et at—
traper un animal.

Le Dictionnaire.

LA reine Isabelle soupait avec son
frère Louis, comme elle l'appelait, et,
enveloppée dans une robe flottante à
fleurs d'or, d'argent et de soie, écoutait
en riant aux larmes ses dires spirituels

et variés. Le duc d'Orléans n'avait jamais été si jovial, si gai que ce soir là ; il
disait et faisait mille folies toutes aima-
bles, qui réjouissaient fort la reine, jusqu'alors triste, languissante ; car elle n'é-
tait pas encore bien rétablie de ses cou-
ches qui avaient été laborieuses et
cruelles : elle avait perdu son enfant ;
mais Louis la consolait, et alors elle avait
comme oublié ce triste passé pour ne
s'occuper que des propos de ce frère
toujours plus aimable et plus fou.

Elle l'avait beaucoup grondé de ce
qu'il ne l'était pas venu voir la veille, et
surtout de ce qu'il la négligeait, à ce
qu'elle prétendait, pour passer son temps
avec des maîtresses. Le duc s'excusait de
son mieux, et rejetait tout cela sur le
Bourguignon qui, disait-il, avait mis
cent fois sa patience à bout, et qu'il avait
été obligé de supporter pendant un jour,
un long jour tout entier.

Isabelle lui recommandait la prudence, et lui rappelait, en le gourmandant d'amitié, le caractère terrible et vindicatif du sombre Jean-Sans-Peur. Louis riait de ses craintes, et recommençait de plus belle à plaisanter et même chansonner Hannotin, l'ours de Flandre, l'étaleur du Châtelet, et la reine de rire ; le temps coulait rapidement ainsi.

Négligemment elle demanda des nouvelles du roi et de ses enfans, de ses enfans confiés à des mains étrangères, et qui souvent manquaient des premières nécessités de la vie ! Cela dut mettre un peu de sérieux dans l'entretien ; mais, avec Orléans, cela ne pouvait guère durer...

— Oh ! ma sœur, maintenant, que vous voilà rétablie, nous allons donc reprendre notre vie première, nos chasses à l'oiseau, nos pélerinages... Vous le pourrez dans quelques jours.... A quand vos relevailles?...... Demain, m'a-t-on dit ?....

— Non, que samedi, à Notre-Dame, vous pourrez m'accompagner.

— Non , car je crois que j'entrerai demain aux Célestins, pour la retraite que j'y dois faire.... Vous riez ?

— Oh ! vous êtes un bon moine !

— Vous ne riiez pas ainsi pourtant, lorsque nous faillîmes périr , l'orage ayant effrayé les chevaux de notre litière..

— Sainte-Vierge ! j'en frémis encore, je suis sûre que c'est là ce qui a causé mon accident.... pourquoi me le rappeler ?

— Aimez-vous donc mieux que je vous parle du roi, dit-il avec un sourire plein de malice?

— Vous êtes méchant et par trop railleur ce soir , Louis, et baissant les yeux, elle joua nonchalamment avec un couteau.... pense-t-il quelquefois à moi?

— Il est presque toujours fou, le bon sire.

— Et Odette ?

— Reste toujours près de lui... Elle est vraiment gentille, la fille du marchand de chevaux ?

— Vous plaît-elle aussi?

— Ma foi, répondit en riant le duc, j'en ai aimé de plus laides peut-être... et de plus belles aussi, pourtant... mais à cause de ma collection de portraits..

La reine l'interrompit avec aigreur.....

— Savez-vous, Louis, reprit-elle enfin, que je ne suis guère contente de Montaigu?

— Il a cependant, Madame, ordre de satisfaire à vos moindres désirs, même de préférence aux miens.

— Il dit que le trésor est vide ?

— L'imbécille ; on mettra une nouvelle taille.

— Oui, mais le Bourguignon ?

— Hannotin ! il hérissera ses crins
comme un sanglier blessé, mais en définitive nous sommes les maîtres du conseil, et nous ferons ce que nous voudrons... Mais de grâce, chère sœur, lais-
sons-là ces sottes affaires, et parlons un
peu plus de nos plaisirs : vous n'avez
presque point mangé ce soir....

Et ils parlèrent de leurs plaisirs pas-
sés, de leurs plaisirs à venir ; ils se pro-
posaient tel gai pélerinage, telle dévo-
tion, telle partie de chasse ou de pê-
che ; ils feraient ci, ils iraient là : on
eût dit de deux enfans, tant ils semblaient aises et joyeux de deviser. Et
puis les bals, les fêtes, que la retraite
de la reine avaient rendus languissans,
et qui allaient renaître, renaître plus
bruyans, plus nombreux et plus variés :
que de projets ils firent !

— Il faudra bien, disait la reine, que
j'invente une nouvelle coiffure pour la

robe à la Grand'gore ; je lui donnerai
votre nom mon frère.

— Et moi , Madame , je veux faire
des vers sur votre heureux rétablisse-
ment , qui charmeront la cour : oh !
vous ne vous doutez pas de la fête que
je veux vous donner à Beauté : j'ai un
plan,... je veux vous ménager une surprise....

— Ne dirait-on pas ... Orléans baisa
tendrement la main que lui abandon-
nait Isabelle....

Mais si la douce joie, la folâtre humeur semblaient présider au souper de
la reine , elles n'avaient pas non plus
délaissé le groupe de dames qui luti-
naient le jeune page ; bien loin de là,
de longs éclats de rire arrivaient souvent dans la salle où soupaient seuls
Isabelle et le duc , et cela ne faisait
qu'ajouter à leur propre gaîté.

La Qévrain se faisait remarquer dans le
petit groupe des dames de la reine, par l'aisance avec laquelle elle repoussait les rail-
leries tant soit peu méchantes de ses com-
pagnes, et les empressemens maladroits et
naïfs de Jacob, trop peu fait aux manéges
de la galanterie, trop heureux de son
bonheur pour pouvoir le cacher. Toutes ces femmes étaient si joyeuses de
bientôt rentrer dans les plaisirs enivrans
de la cour, dans les fêtes et mascarades nocturnes !.... Que de projets l'on
formait aussi dans cette petite réunion !
l'avenir y apparaissait si brillant et si
pur ; et Jacob, quelle plus belle aurore pour lui ! la belle de Qévrain lui
avait dit : ce soir !... il n'avait plus dans
sa jeune mémoire que ces deux mots
charmans.

On avait cependant épuisé les jeux
mi-partis, les historiettes d'amour, le

drageoir plein de passerilles et coriandres du jeune page, et les autres dames se préparaient à l'imiter, lui enjoignaient déjà de prendre la citole, quand la reine entra, le sourire sur les lèvres, et s'appuyant légèrement sur le duc : ses dames se levèrent toutes et quittèrent soudain la salle. Jacob allait les suivre, lorsqu'à son grand chagrin, Isabelle lui dit de rester.

— Vous jouerez de la citole, mon petit Jacob, et chanterez des vers de Monseigneur.

— Vous lui faites peine, Madame, le pauvre petit est amoureux de madame de Qévrain.

— Vraiment, fit la reine, mais c'est encore un enfant ; n'importe, il a bon goût.

— Oh! oui, dit Louis avec un sourire....

Tandis cela, de Merre, rouge comme

la cerise du mois de juillet, ne savait
quelle contenance avoir, quelle posture
garder ; heureusement que son maître
et Isabelle étaient trop occupés d'eux-
mêmes pour songer long-temps à lui.
Il put donc se remettre à loisir, et chanter bientôt une romance du beau duc,
s'accompagnant sur la citole : il était
huit heures du soir.

Mais alors un officier de la reine entre, et dit au duc qu'un valet de chambre du roi demandait à le voir sur le
champ ; il était, ajoutait-il, chargé d'un
message pressant.

—Qu'y aurait-il donc, s'écria la reine,
se levant inquiète?

— Un messager du roi ! dit le duc,
qu'il entre.

Scas de Courteheuse se présenta ; il
paraissait tout essoufflé de la rapidité
de sa course ; il dit : Monseigneur, le Roi
vous mande que vous veniez devers lui

sans délai ; il a hâte de vous parler pour chose qui touche grandement à vous et à lui.

— Qu'on amène ma mule, j'y vais à l'instant.

Le valet du roi remonta à cheval, et soudain disparut au galop dans l'obscurité. Orléans n'était accompagné que de quelques valets porteurs de flambeaux, de deux écuyers et de Jacob, son page favori ; son escorte devait le venir prendre à onze heures ; c'était l'heure à laquelle il avait dit qu'il se retirerait.

— Vous allez ainsi traverser les rues de Paris, à cette heure, sans escorte, Louis, vous n'y pensez pas ; vous savez combien peu elles sont sûres ; si des voleurs !... mon Dieu, mon Dieu, attendez, ne sortez pas, je ne veux pas que vous sortiez ainsi....

— Ma chère Isabelle, si je rencontre

des voleurs, ils auront plus peur de
moi, que moi d'eux.

— Que peut vous vouloir le roi à une
telle heure ?

— Ne sais, ce n'est peut-être rien
qu'une fantaisie... n'importe, il m'y faut
aller de suite.... ainsi bon soir, ma sœur...

— Si vous alliez être attaqué ?

— Par qui ? s'il vous plaît, répondit-
il en riant ; toutes les femmes sont de
même, en vérité ; on dirait à vous ouïr,
que des assassins sont là dans la rue
qui m'attendent.... d'ailleurs j'ai mon
page, mon brave petit Jacob qui me dé-
fendrait.

— Oui, certes, Monseigneur, il fau-
drait me tuer avant que de toucher un
seul de vos cheveux ?

— Bien, Jacob, dit avec feu la reine...

— Mais le temps me presse, adieu,
ma sœur, et il l'embrassa.

— Adieu Louis, à demain !.... Jacob trouva encore le temps de passer à côté de sa dame, qui lui dit, mais bien bas : dans deux heures, mon Jacob !....

Le Moment.

Un moment est quelquefois un siècle.
Pensées diverses.

C'est l'heure où l'assassin au teint hâve et flétri
S'avance..........
SHAKESPEARE.

—IL vient, préparez-vous, s'écrie Scas
entrant précipitamment dans la chambre des routiers. Tous s'élancèrent à
leurs armes...

— Faites le moins de bruit possible,
a dit Raoul, saisissant sa hache d'armes.

— Un dernier coup, amis, fit Cordelant, c'est à sa mort !

— A sa mort, dirent tous les compagnons en portant les gobelets à leur bouche, mais ils étaient pâles et leurs mains tremblaient.

La figure du sire d'Octonville s'était fortement crispée, et sa main étreignait avec une force surnaturelle le manche de sa hache : il les regardait avec un calme atroce.

— Trois d'entre vous veilleront près des chevaux ; un autre fera le guet.... Scas se tiendra prêt à mettre le feu aux pailles et bourrées.... apprêtez les chausses-trapes.... et nous, marchons ; mais n'oubliez pas de frapper sans pitié ; n'oubliez pas surtout que le premier coup m'appartient.

— Et à moi le second, dit Cordelant.

— Au premier coup de sifflet, continua Raoul , qu'il soit entouré , et qu'une minute après il soit mort ; jusque là , silence.... Ils descendirent l'escalier.

—Enfin! se dit d'Octonville en sortant dans la rue obscure.., tenons-nous cois le long des maisons , et attendons tranquillement le dernier signal de Scas... Tous ont obéi, et un silence de mort a régné dans la rue.... Mais alors l'œil de Raoul a vu quelque chose se glisser comme un fantôme le long des parois.... il s'approche :

— Qui va là !

— C'est moi, répondit une voix qu'il lui sembla connaître ; c'est moi qui viens attendre la chair que tu m'as promise. Raoul tressaillit, car ces mots semblaient, tant ils avaient été prononcés bas, être dits plutôt à son ame qu'à son corps.... Les yeux du Juif brillaient dans les ténèbres , et il fit voir

au sire d'Octonville un long poignard
évidé , dentelé , courbé en demi-cer-
cle :

— Moi aussi, je le frapperai !...

— Puisque te voilà , Juif, tu pourras prendre, toi-même , toute la chair
que tu désireras, et ce ne sera pas long...
au fait , comme cela , je n'aurai pas
la peine de te la porter ; mais , cache-
toi, et ne souffle mot , ou je te fends
la tête jusqu'au gosier.

— Les astres ont marqué cet instant
pour celui de sa mort ; vois, le ciel s'est
voilé pour nous !...

— C'est bon , mais silence ! mets-
toi là....

Quelques minutes s'écoulent... rien ;
le vent, un vent froid et piquant, gémis-
sait seul , par intervalles autour des cheminées et des toits anguleux.... Tout-à-
coup on entendit galoper un cheval
rapide , et Scas, placé en sentinelle à

la porte Barbette, arriva comme un éclair en face des compagnons : C'était le signal. Bientôt on vit poindre des lumières au loin, c'était celles des flambeaux qui éclairaient le duc d'Orléans...

—On peut entonner son *Deprofundis*, murmura Cordelant.

—C'est une nuit aussi noire que celle de notre expédition chez le Juif, fit observer Jean de la Motte.

—Silen ce!!

Le Meurtre.

... Il faut que tu meures,
Pour toi plus de jours ni d'heures!...

... Je t'arracherai, traître,
Le souffle d'entre les dents !

VICTOR HUGO.

MONTÉ sur sa mule, Louis s'avançait tranquillement dans la vieille rue du
Temple, batifolant et frappant nonchalamment avec son gant sa robe de da-

mas noir, fredonnant des refrains, et
pensant à la belle Juive qu'il devait bientôt revoir. Ses deux écuyers, montés
sur le même cheval, le précédaient de
quelques pas ; Jacob marchait derrière
lui, et quatre valets porteurs de torches les entouraient. On ne voyait aucune lumière aux fenêtres, on ne voyait
personne dans la rue. On approchait
de l'hôtel du maréchal de Rieux. Les
deux écuyers avaient passé la maison
de l'image Notre-Dame.

.....La, la, la, la, la, chantait gaîment
Louis.... Tout-à-coup un coup de sifflet
part ; soudain une vingtaine d'hommes
s'élancent, et le cheval des écuyers
effrayé se cabre et part, les emportant
avec la rapidité d'une flèche. Les hommes
de Raoul avaient entouré le petit groupe,
et s'étaient rués sur le duc, criant d'une
voix terrible, à la mort ! à la mort !.. les

valets fuient épouvantés; Jacob tire son épée....

— Qu'est ceci? d'où vient ceci? dit Louis, je suis le duc d'Orléans!...

— C'est ce que nous demandons, répondit Raoul, et d'un coup de sa hache il le jette à bas de sa mule, qui se dresse, bondit, et fuit....

— A la mort! à la mort! continuaient de hurler les autres.

— Jacob se précipite au milieu des coups: Mon pauvre maître!

— Tiens, toi, fit Raoul, et sa terrible hache le couche à terre! au même instant Cordelant lui plongeant sa dague dans la poitrine:

— Tiens cela aussi, beau page, je t'avais bien dit que tu ferais connaissance avec elle!.... Cependant le malheureux duc s'était relevé sur ses genoux, et s'efforçait de parer avec le bras les coups multipliés qu'on lui portait... mais les assassins frappaient sur lui tant qu'ils pouvaient de tous les côtés et de toutes leurs forces.

— Jésus !.... je suis mort !! Un coup de masse l'abattit encore dans la boue sanglante.... mon Dieu ! ah !!.... ce furent ses dernières paroles.....

Les valets fuyaient criant : au meurtre ! au meurtre ! un d'eux blessé grièvement s'était réfugié dans la rue des Rosiers poussant le même cri.... A cet affreux tumulte, les fenêtres de l'hôtel de Rieux s'éclairèrent ; mais la pauvre femme d'un cordonnier avait déjà ouvert sa croisée étroite et haute, et voyant cela, criait aussi à tue-tête, au meurtre ! au meurtre !!

— Tais-toi, méchante femme, dit un routier, et une flèche siffla....

— Des flèches aux fenêtres, cria Raoul, des flèches partout... mort aux ribauds !!

— Tue, tue, tue ! allons, sus, sus la ribaudaille !! Scas, vite le feu aux bourrées, et à l'hôtel ! à cheval ! à cheval !!...

— Oui, vite et à cheval, dit Raoul, c'est fini !.... L'inconnu sortit alors de la maison de l'Image, et s'approcha du cadavre du duc ; Raoul prit un flambeau et l'éclaira... L'inconnu se penche, un sourire fronce un instant sa lèvre pâle et mince.... il semblait se plaire à regarder ce corps effroyablement mutilé, cette tête horriblement ouverte, et d'où s'était épandue une cervelle fumante.... enfin il dit : Eteignez tout, et allons-nous-en, il est mort !.. mais tout-à-coup arrachant à un routier sa masse d'armes, il revient brusquement et en décharge un coup de toute sa force sur le cadavre qui rend un son creux et sourd.... puis il s'éloigne à pas précipités.....

— Choisis, dit Raoul au Juif, choisis maintenant ce que tu voudras de sa chair, il y a de quoi.... Comme tu le vois, tu peux prendre un bras ou une main ; je t'ai tenu parole....

— Je suis satisfait, répondit Moïse, et comme un corbeau affamé, il s'est précipité sur le cadavre, et il l'a frappé plusieurs fois de son long poignard ; puis s'emparant de la main sanglante que la hache avait abattue, et la cachant avec soin sous sa robe de bure, il alla se mêler aux meurtriers....

Mais déjà des tourbillons de fumée rougeâtre s'échappaient des fenêtres de la maison de l'Image-Notre-Dame, et les cris au feu ! se mêlaient aux cris : A mort ! à mort ! tue, tue ! au meurtre ! au meurtre ! on assassine !! Les voisins s'éveillaient en sursaut ; les fenêtres s'éclairaient et s'ouvraient, des bourgeois accouraient : mais déjà les assassins étaient à cheval...

Des flèches aux fenêtres !—Semez les

chausses - trapes. — Faites fermer les maisons! — Tuez, tuez! — A l'hôtel! — Au feu! au feu!....

Ils partirent au grand galop, criant toujours, à mort la ribaudaille... tue, tue! sus les ribauds, tue! au feu! au feu!!

Ils galoppaient déjà dans la rue des Blancs - Manteaux, jetant continuellement derrière eux des chausses-trapes, faisant, en jurant et blasphêmant, éteindre les lumières des boutiques, et criant toujours : à mort les ribauds!! que cependant le neveu du maréchal de Rieux, l'écuyer du malheureux duc d'Orléans, Henri du Chatelier, s'avançait dans la rue, suivi de tous les valets de l'hôtel, dont quelques-uns portaient des torches. Déjà aussi des bourgeois, des gens du peuple paraissaient de tous côtés, attirés par la rumeur, les cris et les hautes colonnes de fumée rouge qui se déroulant de l'Image-Notre-Dame, lançaient de longues traînées d'étincelles.

Du Chatelier s'approche, et, au milieu d'un tas de boue, il voit, il reconnaît le cadavre de son maître tout mutilé, tout sanglant ; sa tête était comme fracassée, sa cervelle çà et là sur le pavé en longues raies saignantes, la main gauche avait été coupée, le bras droit tenait à peine à un fragment de chair!!... Non loin gisait le page fidèle ; il respirait encore, et son œil mourant sembla même reconnaître l'écuyer.... il fit un effort, comme s'il voulait se lever, et murmurant : Ah! mon maître! il rendit le dernier soupir...

— Monseigneur d'Orléans!! s'était écrié l'écuyer stupéfait d'horreur... Jacob!..

— Monseigneur d'Orléans! dirent ceux-là qui entouraient Chatelier, monseigneur d'Orléans!!

— Le frère du roi!

— Quel horrible meurtre!!

Ils semblaient tous anéantis. Des tourbillons de flammes, élancés de la maison du courtier, vinrent éclairer alors cette horrible scène... et ce fut à leurs lueurs sinistres qu'on transporta le corps du prince et du loyal, du brave Jacob à l'hôtel de Rieux....

Bientôt la terrible nouvelle se répandit dans Paris avec la rapidité de la foudre; car, tandis qu'une partie des assistans s'occupait d'éteindre l'incendie, d'autres couraient de maisons en maisons, de rues en rues, répétant, commentant et ce qu'ils avaient vu, et ce qu'ils avaient appris...

Mais en peu de temps le bruit s'épandit qu'on en voulait au roi et à tous les princes; le prévôt Tignonville accourut, les bourgeois prirent les armes, on ferma les portes de la ville, des chevaliers, écuyers, hommes d'armes, se rangèrent devant les hôtels du roi, de la reine et des princes pour les défendre contre les assassins.

On ne voyait plus que gens armés dans les rues, on n'entendait parler que de meurtres; à chaque instant le pavé retentissait sous les pieds des coursiers, ou sous les fers des hallebardes et des piques. Le prévôt commençait une enquête, et recevait déjà les diverses dépositions... on a suivi la trace des meurtriers jusqu'à la rue Mauconseil; mais là plus d'indices.

Cependant les princes et les membres du conseil se sont assemblés à l'hôtel d'Anjou, et encore frémissant d'horreur d'un si audacieux attentat, ils se sont transportés à l'hôtel de Rieux.

Une haine d'Homme,

Un amour de Femme.

Il avait le sourire ironique d'un démon.
BYRON.

Et moi je me suis donné à toi! à toi ma vie! à toi mon âme!
KŒRNER.

HUIT heures avaient sonné, et déjà la belle Juive, dans l'attente, voluptueuse et mêlée d'une aimable impatience, de la venue de son amant, était devant le miroir d'acier de sa chambre, occupée de sa gracieuse toilette.

Ses suivantes peignaient sa longue che-

velure d'ébène, dont les flots ondoyans
se déroulaient jusqu'à terre, en tresses
soyeuses, et plus douces au toucher que
le duvet d'un nid d'oiseau, ou que celui
plus tendre encore des joncs du maré-
cage. Les doigts industrieux des suivantes
les roulaient en boucles capricieúses,
nattes vagabondes, cercles frémissans, et
y versaient à flots l'électuaire et les parfums. Tandis qu'elles arrangent amou-
reusement ainsi cette belle chevelure,
Lia forme de ses mains d'un blanc si
pur, si tendre, et où brillait le beau dia-
mant que lui avait apporté Jacob, les plis
du voile léger qui va embrasser les contours de sa taille, effleurer son épaule
d'albâtre ; ou bien ses doigts encore font
un instant résonner la citole ; ou bien
elle relit la lettre de Louis, et les couleurs
d'une belle aurore embellissent ses joues :
son cœur ému soulève sa blanche tunique, et le feu de ses yeux s'épanche en
rayons plus brûlans.

Que le temps s'écoule lentement pour elle.... Oh! s'il pouvait devancer le moment fortuné!.. il est si inconstant!.....

Un soupir s'exhala de son sein, et elle demeura pensive; mais bientôt le sourire reparut sur sa bouche, son regard était tombé sur l'anneau qui étincelait à son doigt. Louis, Louis! dit-elle, oh! si tu m'aimais comme je t'aime!... Ce turban ne me plaît pas, mettez à celui-ci cette aigrette de perles, elle fut son premier don.—Sara, faites brûler les parfums d'Orient dans le petit retrait...Et elle se mirait complaisamment, jetait un joyeux regard sur sa parure, arrangeait mieux encore les plis de son turban, chiffonnait sa ceinture, et semblait, par sa grâce piquante, la magie amoureuse de son sourire, un mélange de joie enfantine et de mélancolie voluptueuse, comme évoquer le bonheur et l'amour..... l'amour, le bonheur ne semblaient pas devoir ré-

sister à la flamme si veloutée de son long
regard....

Vint un léger bruit alors.... dans la
cour.

Serait-ce lui ? il aurait devancé l'heure : ô Louis !

On montait l'escalier...

Oh ! c'est lui, s'écria-t-elle encore.....
La porte s'ouvre... et son père s'avance,
s'avance... et s'arrête devant elle, comme
une vision menaçante ; un sourire amè-
rement ironique donne à sa figure quelque chose de froidement terrible, et son
regard terne, impitoyable, s'arrête sur
celui de la jeune femme, il semble la
glacer, la faire mourir lentement...

La pâleur de la mort voile ses traits ;
involontairement elle porta la main à son
cœur, comme si une lame acérée y avait
fait sentir son froid cruel.

— Tu me revois, dit le vieillard éten-
dant sur elle ses bras desséchés comme

les rameaux flétris et morts d'un vieux
chêne, tu me revois!...

Aucune larme ne brilla dans ses
yeux, seulement il lui sembla entendre
des cliquetis d'armes, voir passer devant
ses regards des lambeaux sanglans, des
ombres pâles et montrant de profondes
blessures ; il lui semblait respirer du sang
et sentir son cerveau bouillonner, ses
veines brûler, son cœur se resserrer avec
force...... Soudain un rire infernal, profond, retentit... son bruit cessa... et la figure haineuse de Moïse Mousque se
vint montrer à la pauvre Lia...

— Tu dédaignas ma main, tu préféras
vivre dans la débauche avec lui... mais
tout peut encore se réparer ; en rival
généreux, moi, je vous veux unir, je
t'offre sa main : tiens!... Il dit, et tire de
son sein la main sanglante et mutilée du
malheureux duc d'Orléans.....

Les suivantes s'enfuirent, poussant

des cris d'horreur, et Jonathasius lui-
même, bien qu'il fût si haineux, recula
d'effroi.

Mais la jeune femme ne poussa aucun
cri, ne fit aucun geste.... elle semblait
morte : une statue de marbre blanc, pâle
et glacée comme lui ; seulement ses yeux
égarés, roulant des prunelles flam-
boyantes, semblaient de plus en plus
s'agrandir....

Ses lèvres convulsives, se desserrant
tout à coup avec effort, répétèrent comme un écho le rire affreux de Mousque...
puis elle se précipita, toujours dans une
folie terrible, sur cette main que lui tendait encore le Juif satanique, et elle y
imprima ses lèvres fiévreuses.... puis,
s'asseyant comme un enfant mutin sur le
lit, elle se prit tranquillement à jouer
avec les doigts mutilés de la main sai-
gnante, et bientôt sa blanche tunique,
sa soyeuse écharpe, furent souillées de
taches rouges....

Jonathasius se retira, silencieux et sombre, mais son œil fixe resta sec et ses traits immobiles.

Pour Moïse il se plut long-temps à rester là..... comme un démon joyeux, il semblait que ses oreilles ne pouvaient se lasser d'entendre cette femme répéter son rire, et que ses yeux étaient de plus en plus avides de la voir se servir de l'affreux trophée comme d'un jouet d'enfant.

Le Convoi.

Dies iræ, Dies illa.

Huit heures, il est huit heures! et le
chant des morts fait gémir les voûtes de
l'église des Blancs-Manteaux; des cierges
funèbres brûlent autour du cercueil de
ce Louis de Valois, naguère encore si
joyeux et si brillant; la dépouille du page

loyal est à ses pieds ; elle sera placée
ainsi aux Célestins, dans la belle chapelle
d'Orléans ; fidèle Jacob, tu méritais cet
honneur. Le duc a été revêtu d'une robe
de célestin, car c'est ainsi que, selon son
désir, il voulait descendre dans la tombe.... Oh! la retraite qu'il devait faire,
elle sera longue!...

Mais silence, la voix lamentable des
hérauts se fait ouïr : Chrétiens ici pré-
sens, priez pour le repos de l'ame du
très-haut et puissant prince Louis de Valois, frère du roi !

On entonne le *Deprofundis*.

Un immense peuple était devant le
portail de l'église, et mille propos étaient
dits et redits.

— Ce n'est point le sire de Canny qui
l'a tué, disait l'un.

— Et qui donc, si ce n'est lui, répondait un boucher? il y a long-temps qu'il

aurait dû le faire, mort Dieu! ou ce n'aurait pas été un homme.

— Il en avait tant fait, disait un autre!..

— C'était un fameux débaucheur de femmes, murmurait un quatrième!

— Je n'oserais narrer les bruits qui courent, se hasarda de dire un honnête marchand de la Cité.

— Chut! compère, il faut être prudent....

— On a cru reconnaître un des meurtriers à une fenêtre de l'hôtel d'Artois.... alors une clameur de mécontentement s'éleva autour du bourgeois malencontreux.

— Monseigneur de Bourgogne donner asile à un meurtrier!

— C'est horrible!

— Une pareille supposition mérite au moins la corde !

— Bah! bah! quand il l'aurait fait, je

dis, moi, qu'il aurait bien fait..... et l'on entendit fredonner.

> Duc de Bourgogne,
> Dieu te maintienne en joie !

— Soupçonner monseigneur de Bourgogne ! a dit un grand homme vêtu d'une serge fine, lui qui vient de dire, en jetant de l'eau bénite sur le corps : Jamais plus méchant et traître meurtre ne fut commis et exécuté en ce royaume !..... C'est une calomnie infâme !

— Oui, dit le charpentier Circasse qui survenait ; mais aussi pourquoi alors le cadavre de monseigneur d'Orléans a-t-il saigné ?

Tous les assistans frémirent.

— Et le sire de Tignonville qui va, dit-on, demander au conseil qu'il lui soit permis de visiter les hôtels des princes.

— Oh ! quel regard lui a lancé le prieur des Célestins, dit encore Circasse.

Le cadavre a saigné ! murmuraient plusieurs voix....

—Cela n'est pas possible !

—Cela n'est point vrai....

Cependant une joie maligne régnait généralement sur ce peuple qui croyait que, le duc d'Orléans mort, il n'y allait plus avoir de tailles, doubles tailles, gabelles et corvées !.... Jacques Bonhomme est toujours le même.

—Silence, silence donc là-bas ! voilà le cortége qui sort.

— Voyons, voyons ! la foule s'écarte, car déjà les chants lugubres se perdaient sous la voûte du ciel....

Les quatre ordres mendians, rangés sur deux files, s'avancèrent, suivis de toutes les paroisses de la ville, croix et bannières en tête, puis venaient les religieux de Saint-Martin-des-Champs et de Saint-Germain-des-Prés...

Ah ! l'évêque de Paris, vêtu de ses

habits pontificaux, qui marche entouré de son nombreux clergé, et assisté du prieur des Célestins et de l'abbé des Guillelmites.

Ecoutez les sonnettes des crieurs publics, s'avançant au nombre de seize, vêtus de robes noires, aux armes du feu duc ; ils tintent lugubrement à de courts intervalles.... après sont des archers et arbalétriers porteurs de cent vingt torches, aux armes de la ville ; vingt-quatre autres aux armes de la ville d'Orléans, et soixante-seize autres aux armes du prince, les suivent immédiatement. Ils précèdent les hérauts d'armes ; huit pages qui, vêtus de deuil, portent sur un coussin noir le heaume du duc d'Orléans ; quatre écuyers menant quatre coursiers de bataille entièrement caparaçonnés de noir. Ce n'est qu'alors que venaient à pas lens quatre chevaliers armés de pied en cap, élevant les bannières et pennons d'Orléans , et les gentilshommes chargés des pièces d'honneur , de l'écu, du casque, de la cotte d'armes et de l'épée....

Quel est ce chevalier sombre qui porte l'épée ; son sourcil froncé ombrage un regard douloureux, et qui semble promettre au ciel une vengeance redoutable de ce meurtre terrible ! c'est Tanneguy du Châtel , un brave chevalier breton ; il aimait bien son maître, et je plains fort le meurtrier, quel qu'il soit , si un jour il doit recevoir l'atteinte de sa lourde hache d'armes....

C'est le cercueil du page Jacob, que soulèvent ces quatre religieux Guillelmites ; voyez, on ne peut lui refuser une larme , il est mort sur le cadavre de son malheureux maître !....

Mais voici venir le corps ; il est porté sur les épaules de quatre célestins, et les ducs de Berry , de Bourbon , de

Bourgogne et d'Anjou, couverts de longs manteaux de deuil, tiennent les quatre coins du drap de velours noir, brodé de fleurs de lys d'or.

Les ducs de Berry et de Bourbon peuvent à peine retenir leurs larmes; mais le duc de Bourgogne, qu'il est pâle, et que ce coin du drap mortuaire est lourd pour lui! il n'osera jeter un seul regard sur cette foule.... non, son œil sévère se baisse, et son front se ride de plus en plus.

Huit seigneurs, qui portaient un écu entouré de cierges brûlans, environnaient le cercueil suivi du connétable, de l'amiral et des maréchaux de Rieux et de Boucicaut, tenant chacun par la pointe une épée nue.

Le duc de Bavière, le marquis de Pont, les comtes de Nevers, de Dammartin, de Clermont, de Vendôme et de Tancarville, l'évêque de Poitiers, le sire de Montaigu, et une foule d'autres seigneurs cheminaient tôt ; puis s'avançaient l'université, le parlement, la chambre des comptes, le châtelet, et le corps des marchands qui fermait la marche funèbre. Mais alors que le cercueil sortit de l'église, les échevins s'étaient approchés et avaient élevé au-dessus un grand dais de drap d'or, soutenu par quatre lances.

Cependant l'office des morts s'élançait dans les airs, chanté par mille voix ; les cloches sonnaient et mêlaient leurs harmonies plaintives au bourdonnement sourd de la foule qui suivait le cortége, et qui bientôt se prit à psalmodier le chant funèbre : on se dirigeait vers le couvent des Célestins.

Cependant le duc de Bourgogne tressaillit, et sa figure devint encore plus livide ; son regard avait rencontré celui d'un homme, de Raoul d'Octonville qui, déguisé sous les haillons d'un mendiant, contemplait avec une sorte d'ironie amère, le cercueil où reposait sa victime, et ce hautain seigneur, son complice, l'accompagnant, vêtu de deuil, et les traits couverts d'une pâleur qu'on pouvait prendre pour celle de la douleur et du regret. Le duc de Bourgogne se rappelait, il y avait deux jours, qu'à peu près à la même heure, ses yeux aussi avaient rencontré ceux de Raoul, et alors il venait de jurer oubli, fraternité à celui-là qui dormait sanglant dans ce sombre cercueil! et alors il le tenait par la main!!....

Scènes de rue.

C'est un Panorama mouvant, un mirage continuel.

Diavolamortefeminidanarocchi.

Un amas torrentueux de peuple hur-
lait devant l'échoppe du père de Lia ;
des pierres et de la boue avait déjà été
lancées, et d'horribles vociférations ; de
longs blasphêmes, des paroles de sang
et de mort s'étaient élevés dans les airs
de tous les points de cette masse fré-

missante, où deux ou trois moines pé-
roraient et semblaient jeter encore, par
leurs fougueuses harangues, comme des
flots d'huile sur des flammes ardentes,
sur les flammes ardentes de cette rage
populaire qui criait du sang, du sang,
du sang de Juif ; il en fallait en effet
du sang pour l'éteindre.

— C'est un sorcier qu'il faut brûler,
pendre, écarteler !

— C'est un Juif !

— Il a tué sa fille !

— Il égorge des enfans !

— Sa cave est remplie d'or !

— De l'or qu'il a volé, le maudit !

— A mort, le Juif! à mort!!

Tels étaient, en partie, les cris de la
populace avide qui, s'élançant par bonds
comme une bête sauvage, eut bientôt
brisé les faibles barrières qui défen-
daient le vieux Jonathasius.

Le peuple se précipita comme une

vague immense dans l'intérieur de l'é-
choppe, et dans un instant tout fut
pillé, brisé, anéanti.

Du coin obscur de la cave où il s'était
caché, le vieillard peut entendre les cris
de la malheureuse Abigaïl arrachée d'une
vieille armoire, et sur qui la foule se rue,
il peut entendre les meubles que l'on
brise, et les hurlemens de joie mêlés
à ceux de mort :

— Le Juif! où est le Juif? il nous
faut le Juif!.... Puis il n'entendit plus
qu'un seul bruit, où se mêlaient confus, des pleurs, des cris, des gémissemens, des rires, des joies et des douleurs, des tortures et des grincemens : on
se précipitait dans la cave....

Un long, un effroyable son, composé de mille autres, annonça au reste
de la tourbe ivre de sang, que la victime
avait été saisie et qu'on la lui amenait....

Il semblait ne plus rien voir, rien

sentir ; il croyait vraisemblablement être
en proie à quelque affreux rêve ; ses
yeux s'étaient fermés, et de sa bouche
béante ne sortait aucun souffle... on l'entraînait, et les coups, les injures, les
douleurs, la boue et les opprobres lui
étaient prodigués :

— Le voilà, le sorcier, le Juif ! le
maudit !!

— L'égorgeur d'enfans, tuez-le,
tuez-le !

— Mort au Juif.... mort au Juif !!! au
gibet !

— Non, il faut le brûler !

— Il faut le pendre !

— Il faut le jeter à l'eau !

— Oui, oui, à l'eau, à l'eau ! .

On faillit en venir aux mains, pour
décider quelle mort il subirait : des femmes voulaient qu'on lui fit souffrir tous
les supplices que ceux de sa race avaient
jadis fait souffrir au christ, d'autres pré-

tendaient le noyer attaché à un pourceau ; les plus pressés voulaient le lapider à coups de pierres.....

— Pendons-le entre deux chiens , s'é-
cria tout-à-coup une voix formidable,
celle d'un charcutier , au tablier souillé
de longues taches jaunes et noires ; des
applaudissemens nombreux attestèrent
bruyamment qu'il avait réuni les diverses
opinions,....,

— Mais où trouver des chiens ? demande un de ceux qui auraient préféré que le Juif fût jeté à l'eau.,...

— En voici un , en voici un , répondit
une troupe d'écoliers venant de s'em-
parer d'un pauvre barbet qui cherchait
tranquillement sa nourriture le long des
ruisseaux.

— Mais il en faut deux ?

— Qu'à cela ne tienne , dit la grosse
voix du charcutier , on peut prendre
le mien. Les applaudissemens et les cris

de joie redoublèrent ; alors chacun admirait le zèle du charcutier, chacun le témoignait avec une sorte de frénésie : Une corde , une corde ! devint le cri général....

On passe une corde grossière au cou du Juif, et on l'entraîne vers une sorte d'auvent de bois qui , allongeant en saillie deux bouts de poutres , semblait ainsi avoir été fait tout exprès pour suppléer une potence.... On roulait dans la fange devant le misérable Jonathasius, le cadavre déchiré de sa servante Abigaïl , première victime de la fureur de cette meute fanatique et sanguinaire. Mort au Juif ! mort au Juif ! c'était les dernières paroles qu'il devait entendre, c'était l'affreuse musique qui accompagnait la marche de cet affreux convoi.....

Mais comme l'on approchait du fatal auvent , voilà que de nouveaux hur-

lemens de joie, un nouveau bruit,
attirent l'attention de la plèbe. C'était
une troupe assez nombreuse de buis-
sonniers, d'enfans en guenilles, de femmes et d'apprentis qui poursuivaient,
poussant des cris railleurs, de longs
éclats de rire, une malheureuse femme
aux cheveux épars, aux vêtemens en
désordre, souillés et de sang et de boue :
c'était Lia !

C'était Lia en proie à la démence là
plus aveugle, à la folie la plus terrible ;
c'était Lia les yeux hagards, la bouche
ridée par un fou rire, les joues brûlantes d'une fièvre de feu, le sein pan-
telant de fatigues et d'angoisses ! c'était
Lia, courant les rues et le jouet d'une
troupe de peuple !....

Elle bondit comme un jeune faon au
grand plaisir de cette populace, et per-
çant soudain la foule, elle est devant son

père.... Les cris : A mort le Juif, le sorcier, pendez-le, pendez-le, paraissent
l'avoir frappée.... Elle écarte ses longues
tresses pendantes sur son front, et arrête
sur le malheureux Juif ses grands yeux
fixes qui semblaient n'avoir plus de pau-
pières, puis le touchant du doigt au front :
Oui, je le reconnais, c'est un de ses
meurtriers; vous avez bien raison de le
pendre, il a tué mon amant, il a tué
monseigneur d'Orléans!!.... elle dit, et
son rire niais a fait connaître la terreur
à la tourbe qui s'arrête et l'entoure.

— Que dit-elle?

— Elle blasphême!

— Elle est folle!

— Oui, c'est le complice du Bourguignon, ils l'ont tué ensemble.... quand
je vous dis qu'ils l'ont tué! Tuez-le donc
aussi! tuez-le, je vous en prie! tuez-
le !...

Le vieillard poussa un gémissement qui sembla son dernier soupir, car sa tête tomba sur sa poitrine, son corps s'affaissa, la corde se tendit, et seule l'empêcha de mesurer la terre....

— C'est sa fille, dirent alors plusieurs femmes, c'est la fille du Juif!... une débauchée, une magicienne...

— Saisissez-la, saisissez-là! qu'elle meure aussi! arrêtez-la!... parricide!...

— Pendons toujours celui-là, fait observer le judicieux charcutier, et nous verrons après...

Mais Lia, rapide et plus légère que l'hirondelle qui, sur la surface de l'eau, ravit des moucherons pour sa progéniture, Lia échappe aux bras tendus pour l'arrêter, perce la foule, et continue sa course au travers des rues, toujours huée et poursuivie de pierres...

Quelques minutes après, les vents balançaient le corps de Jonathasius, pendu

entre deux chiens, à la grande joie de
tous. . . . .

. . . .

. . . .

Le funèbre cortége approchait des
Célestins, lorsqu'une femme hâletanté,
blessée, poursuivie comme une bête
malfaisante, et qui courait d'une vitesse
pouvant paraître surnaturelle, s'élança,
renversa peuple, hommes d'armes, moines, seigneurs, poussa un cri, et tomba,
inanimée, sur le cercueil du duc d'Orléans : Louis !! dit-elle...

Le cercueil s'arrête, une rumeur ora-
geuse et soudaine s'élève...

— C'est une Juive ! une fille folle de
son corps ! possédée du démon !

— La maîtresse du duc..... jetez-la
hors...

Mais Lia se relève tout à coup comme
une ombre vengeresse, rien d'humain
n'était plus en elle !.. Son regard rencon-

tra la pâle figure de Bourgogne, et un tressaillement subit agita tous ses muscles... Elle restait là, immobile, dressée devant lui comme l'ange des remords.... Elle étendit son bras vers le meurtrier, et de son doigt menaçant toucha son front chargé de nuages, comme si elle eût voulu y imprimer un signe.... puis elle tomba de toute sa hauteur au pied du cercueil...

Un homme du peuple souleva par ses longs cheveux cette tête naguère encore si belle et si touchante ! mais elle retomba sur le pavé comme un fruit mûr que le souffle de l'automne détache de l'arbre gémissant : la Juive était morte.

La Fin.

Un sourire de satisfaction avait brillé
sur les lèvres du duc de Bourgogne, alors
qu'entrant dans la cour de l'hôtel de
Nesle, il se vit délivré de cette cérémo-
nie, qui avait été pour lui un véritable
enfer; comme il s'était hâté de se dé-
pouiller de ce long manteau du deuil! il

semblait étouffer, brûler dessous. Et comme il respira plus librement quand il se fut dit qu'une heure encore, et il pourrait se croire à jamais délivré de ce concert de plaintes, de récriminations, de vœux de vengeance dont ses oreilles étaient assourdies depuis un temps qui lui avait semblé plus long que le reste du passé de sa vie !....

Le conseil est à peine assemblé que le prévôt paraît, et s'adressant brusquement au sombre Bourguignon, lui demande la permission de saisir dans son hôtel un des meurtriers qui s'y tenait caché.....

Tous les regards demeurèrent fixés sur le duc de Bourgogne, gardant le silence, mais un silence menaçant.

—Il faut parler, si vous savez quelque chose, mon cousin, lui dit le duc d'Anjou, car ce meurtrier, il sera arrêté...

Tous les membres du conseil se sont levés, dans un effroi qui avait quelque chose de solennel et de religieux, et par un mouvement involontaire, ils se sont séparés du Bourguignon qui demeura seul, assis, gardant toujours le silence...

Le duc de Berry s'approcha de lui..... mais Jean-Sans-Peur se levant tout à coup, et rapprochant encore ses sourcils tortueux, dit alors d'une voix creuse : Tenté par le diable, j'ai ordonné ce meurtre...

Les princes et les autres membres du conseil quittèrent alors la salle dans le désordre et la terreur, et le duc de Bourgogne un moment resta seul... sous le poids de l'horreur qu'il semblait inspirer.... mais bientôt relevant la tête et les yeux brillans d'un feu sombre : C'est à eux de trembler et non à moi... Saint-Georges!... Le chevalier parut.

J'avoue hautement que le duc d'Or-

léans a été mis à mort par mon ordre ;
je le devais à l'état et à moi. Tirant un
papier de son sein, et le scellant de son
sceau :

Retourne à l'hôtel, et que les mi-
sérables qui y sont enfermés partent
à l'instant même pour mon château
de Lens ; ce papier leur ouvrira les portes de Paris....qu'ils partent sur-le-champ,
qu'on leur fournisse argent et chevaux,
tout ; je ne veux plus les voir !

Saint-Georges sortit, et le duc appe-
lant alors les autres chevaliers de sa
suite, leur répéta qu'il avouait le meurtre, et ordonna au sire de Helly de
faire préparer les chevaux....

Je veux retourner vers mes bonnes
villes de Flandre, oui ; mais non point
fuir comme un vil criminel, car par
Dieu et ma bonne ville de Dijon, ce
que j'ai fait, j'ai dû le faire et encore
le ferais....

Néanmoins violemment agité, il se promenait à grands pas dans la salle, serrant des deux mains fortement sa ceinture....

Ses chevaliers le suppliaient en vain de monter à cheval et de s'éloigner, tandis qu'il le pouvait encore :

—Ils n'oseraient! répondit-il avec un sourire amer. . . . . .

Mais le conseil s'était réuni de nouveau, et délibérait sur cet affreux incident. Le duc l'apprend : Je suis membre du conseil, dit-il, et j'ai droit d'y assister !.... Il en touchait déjà le seuil, lorsque le surintendant s'avançant : — Le bon plaisir des princes et des seigneurs est que vous n'entriez pas....

Un regard de Jean–Sans-Peur sembla répondre à Montaigu, qu'un jour il paierait cher ce qu'il faisait alors....

—Donc, puisqu'il en est ainsi, je me retire ; mais je déclare toutefois qu'il ne faut accuser personne de la mort du duc d'Orléans ; c'est moi, et nul autre, qui ai fait ce qui a été fait.....

Le conseil était encore dans la stupeur de l'audition de ces hautaines paroles, que les pas précipités des chevaux bourguignons retentissaient déjà dans la rue.

Court Epilogue.

Elie fut enlevé au ciel.

Bible.

On ne sut jamais bien positivement ce que devint Moïse Mousque, car il courut sur son compte les bruits les plus singuliers, les plus absurdes et les plus contradictoires ; les uns disaient qu'il s'était enfui, grimpé sur son ours, et suivi de ses chats et de ses hiboux,

22

dans une caverne de la Thébaïde où, après cent ans de travaux assidus, il avait découvert le grand œuvre.

Une autre version fut celle-ci : qu'il s'était sauvé avec Raoul et les routiers, et qu'après diverses chances de bonne et mauvaise fortune, il avait établi sa demeure à Bruges, où il vendait des lunettes. D'autres enfin prétendirent que le diable lui avait tordu le cou, parce que, monté sur un manche de balai, il était arrivé de Milan à Montereau la veille de la mort du duc de Bourgogne, pour le prévenir du péril qu'il courrait, s'il allait à la conférence préparée sur le pont : il avait effectivement parlé au duc, mais la dame de Giac, maîtresse de ce dernier, avait rendu la prédiction inutile.

Quelques-uns, mais ceux-là méritaient peu de confiance, affirmèrent qu'il n'avait pas quitté Paris, et qu'il y vécut

long-temps caché dans une cave, s'oc-
cupant de magie. Pour nous, nous
avons de fortes raisons de croire qu'il
fut brûlé vif, quelques années après le
meurtre, comme étant sorcier, dans une
ville du midi de la France, cependant
nous n'oserions le soutenir envers et
contre tous dans un combat, à fer
émoulu, jusqu'à ce que mort s'en suive.

NOTES DU MEURTRE.

Notes.

PAGE 2.

Une pauvre Capette de Montaigu...

Le collége de Montaigu était très-pauvre ; les *Boursiers* de ce collége n'étaient guère vêtus que d'une sorte de mante d'étoffe grossière et brune que l'on appelait *Capette*.

PAGE 5.

Deux femmes du clapier voisin.

Les clapiers, pour nous servir de termes décens, étaient de ces lieux :

Où l'honnêteté souffre, et la pudeur gémit.

ou si vous l'aimez mieux, de ces endroits *que fréquentait* le poète Regnier.

PAGE 9.

Au diable le bâton noueux.

Lorsque le duc d'Orléans, mécontent du duc de Bourgogne, avait eu recours aux armes, passé la Seine et pris Charenton, il avait fait peindre sur ses bannières un bâton noueux avec la devise : « Je le défie. » Jean-

Sans-Peur avait fait mettre sur les siennes
un rabot, *pour planer le bâton*, avec ces
mots : « Je le tiens. »

PAGE 10.

Et Hugues Aubriot.

Hugues Aubriot, prévot des marchands
sous Charles V, eut plusieurs différens avec
l'université, toute puissante alors ; il finit par
succomber.

PAGE 20.

Hannotin de Flandre.

Les Flamands appelaient ainsi Jean-sans-
Peur.

PAGE 24.

La grande Gaupe, etc.

Le peuple, surtout celui de Paris, appe-

lait la reine Isabelle de Bavière, la grande
Gaupe, la grosse Allemande, etc. Voir les
annales du temps.

PAGE 28.

Mais, déguisés à cause des ordonnances.

Charles VI proscrivit les Juifs par ordon-
nance, mais toutes ces ordonnances, *à cause
du besoin qu'on avait d'eux pour en tirer de
l'argent*, tombaient bientôt en désuétude.

PAGE 30.

Mon brave écorcheur.....

..... « Des armées de brigands nommées
grandes compagnies, *écorcheurs*, comman-
dées par de grands seigneurs qui pillaient
incendiaient les campagnes, torturaient leurs

habitans, poussaient l'inhumanité jusqu'à faire rôtir les enfans pour tirer de l'argent de leurs pères.

DULAURE.

« Ils rôtirent hommes et enfans au feu, quand ils ne pouvaient payer leur rançon. »

Journal de Paris, sous les règnes de Charles VI et Charles VII.

On appelait ces hommes routiers, écorcheurs, tard-venus.

MÊME PAGE.

La rue Tire-Boudin.....

Cette rue avait, dans l'origine, un autre nom.

PAGE 33.

Le grand œuvre.....

L'opinion que l'on pouvait parvenir à trou-

ver la pierre philosophale, le secret de faire
de l'or, était alors dans toute sa force.

PAGE 52.

Madame Valentine....

Valentine de Milan, femme de Louis de
Valois, frère du roi, passait pour une grande
magicienne ; les ennemis du duc d'Orléans
accusaient Valentine d'avoir causé, par son
art, la folie du roi.

PAGE 57.

Deux cents moutons d'or......

Moutons d'or, angelots, écus au soleil :
monnaies du temps.

PAGE 69.

Il donne un soufflet au comte de Nevers.

Historique. — Jean-Sans-Peur portait ce

titre du vivant de son père, le duc Philippe.....

PAGE 70.

Et se laisse doucement entraîner par le duc d'Orléans, derrière la tapisserie....

On trouve cette anecdote dans plusieurs recueils.

PAGE 74.

Je ne le puis et ne le pourrai jamais...

Il était dangereux d'entreprendre de guérir le Roi de sa maladie ; deux moines furent pendus pour l'avoir essayé et n'avoir pas réussi.

PAGE 86.

Ce prince était sans contredit.....

Le duc d'Orléans était un galant, et tra-

fiquait de toute frette comme un bon marchand et marinier.

BRANTÔME.

Il paraît que Louis avait un sérail à Orléans, qui s'alimentait par des filles ou femmes que l'on enlevait ou séduisait : le Journal de Paris, sous Charles VI et Charles VII,
dit *que toute femme était vitupérée* d'être
menée à Orléans.

PAGE 88.

Et portait des chemises de toile.

C'était alors du luxe.

PAGE 89.

Un grand miroir d'acier....

Beaucoup plus tard Catherine de Médicis
n'avait pour *Psyché* qu'une petite *Glace* d'a-
peu près un pied carré que l'on peut voir au
Musée.

PAGE 91.

La dame de Canny....

Mariette d'Enghien, dame de Canny, mère du célèbre Dunois, qui se glorifiait d'être appelé le bâtard d'Orléans.

PAGE 97.

Dans une des rues les plus sales du sale Paris d'alors.....

.... Il exista long-temps dans les places et rues de cette ville, plusieurs de ces cloaques infects appelés *trous punais;* les rues pour la plupart encore dépourvues de pavés, tortueuses, étroites, puantes, étaient bordées de maisons semblables à des chaumières.......
Charles V ayant inspiré, par son exemple, le goût et le luxe des constructions, plusieurs hôtels et *séjours* comme on les nom-

mait alors, furent bâtis hors des anciennes
murailles.....

DUBAURE, *histoire de Paris.*

PAGE 98.

Une voix aigre prononça *sciboleth*...

Ce mot était fort difficile à prononcer.....
Voir au surplus la Bible.....

PAGE 108.

Messire de la Paille....

Allusion à la paille qui jonchait les locaux
des *différentes classes* de l'Université.....

PAGE 112.

Tripes de Dieu....

Tripes de Dieu, bras de Dieu, mort Dieu,

etc., étaient alors *les jurons* les plus en usage.... On avait surtout, parmi le peuple, coutume de jurer par une certaine partie du
corps de Dieu.

PAGE 127.

Frapper un écolier de l'université !

Les priviléges de l'université étaient très-
étendus, et elle savait on ne peut mieux les
défendre. — Les écoliers étaient les fléaux
des bons bourgeois d'alors, et abusaient fort
de leurs priviléges.

PAGE 132.

Des poulets truffés....

Nos bons aïeux connaissaient aussi les
poulets truffés !

Page 139.

L'hôtel Saint-Paul.

L'hôtel Saint-Paul était alors la demeure du Roi.

Page 140.

Odette....

C'était la fille d'un marchand de chevaux ; on l'appelait *la petite reine*, et la reine Isabelle s'était fait *remplacer par elle* auprès de son royal époux, depuis sa folie.

Même Page.

Lui avait même parlé de Montfaucon....

Le gibet de Montfaucon fut fatal à plus

d'un financier : Enguerand de Marigny y
avait été pendu.

Page 145.

Celle qui a une cotte-hardie rose...

Une cotte-hardie était une robe qui res-
semblait assez à une soutane, elle était com-
mune aux deux sexes.

Page 150.

Au château de Beauté....

Beauté-sur-Marne construit par le roi
Charles V.

Page 175.

Sa propre femme, il la prostituait au
Roi...

Les ennemis du duc d'Orléans l'assuraient.

Page 180.

Père Martin..... vous m'avez grandement édifié....

Le duc de Bourgogne trouva un moine,
un théologien nommé Jean Petit, qui publia
une apologie de l'assassinat du duc d'Orléans ; Jean Petit terminait son œuvre en
établissant cette maxime : *Qu'il est permis
de tuer les princes que l'on croit être tyrans ;*
la maxime fut en définitive approuvée par
trois cardinaux et par *Charles VI* : il faut
dire que ce prince était fou.

Page 192.

Vraiment l'Amorabaquin.....

C'était ainsi que l'on surnommait en Oc-
cident le sultan Bajazet, vainqueur de Nico-
polis. — Voyez Montaigne....

Page 195.

Dieu lui-même n'obtiendrait pas sa grâce !...

Historique. (Propres paroles [du duc de Bourgogne.)

Page 250.

S'était, avec beaucoup de plaisir, occupé de science et de religion....

Le duc d'Orléans était, sans contredit, un des princes les plus instruits de son temps ; sinon le plus instruit : il aimait beaucoup les sciences théologiques.

Page 264.

Il est condamné par les deux papes....

Il y avait *Schisme*, c'est-à-dire deux papes, le pape de Rome et celui d'Avignon.

PAGE 338.

Mais la dame de Giac....

Quelques-uns assurent qu'elle avait été gagnée par les ennemis de Jean-Sans-Peur.

PAGE 339.

Jusqu'à ce que mort s'ensuive....

Voir pour le fait historique du meurtre du duc d'Orléans :

Les Chroniques de Monstrelet.

Celles de l'Abbaye de St.-Denis.

L'histoire de Charles VI, par Juvénal des Ursins.

La même histoire, par le Laboureur.

L'Anonyme de St.-Denis.

L'histoire des ducs de Bourgogne, par
M. de Barante.
Gollut.
Legrand d'Aussy.
Saint-Foix.
Sauval.
Millin.
Dulaure.
Bonamy, etc., etc.

ESQUISSES.

Un Oisif Fashionable.

.... Un avenir de gloire et d'amour
qu'il saisissait d'une pensée, qu'il voyait,
comme un point étincelant, dans un
lointain riant et doux.... comme un sourire indicible d'elle ! — Un avenir qu'il
s'était fait, un avenir d'artiste à cœur
passionné !

Comme son cœur battait, alors qu'il
se prenait à contempler, de son œil noir
et brûlant du feu sacré du génie, ce
bouquet de violettes, si frais, si par-

fumé , que la main de son Emmeline
avait cueillies, et cueillies près de lui,
sous l'ombrage naissant du bois!

Emmeline ! — Croyez-vous donc que
je vais peindre sa beauté , décrire son
sourire , ce sourire de femme qui brûle,
enivre , tue ? — Seulement Emmeline ,
c'était la réalisation de son idéal , des
jeunes filles qu'il avait rêvées, des ma-
dones qu'il avait jetées , brûlantes de
vie, sur la toile. — Ce devait être bientôt la compagne de son existence ; elle
l'aimait , il l'adorait ; elle était fière
d'être sa fiancée, il était fier d'être son
amant.

Que de félicités dans la pensée qui
roule sous son large front! qu'avec bonheur son regard étincelant se porte de
ce tableau, son plus bel ouvrage , ce
tableau où sa gloire s'achève, où son
immortalité se prépare , qu'avec bonheur, dis-je , son regard se porte de

ce tableau vivant à ce bouquet de violettes, qui naguère encore parfumait
de sa voluptueuse senteur, le sein palpitant d'Emmeline....... alors que, telle
qu'une blanche sylphide, elle effleurait
de son pied aérien le salon du bal.

— Il était heureux, peut-être, sans
un oisif ; car, qu'est-ce qu'un oisif ?
si ce n'est un homme qui non-seulement ne fait rien, mais trouble, en-
trave ceux qui travaillent et produi-
sent, comme dirait un Saint-Simo-
niste ou Saint-Simonien (Voyez *le
Globe*).

Oui, Jules de Saint-Edme était un
oisif, car il avait quarante mille livres
de rente *en belles propriétés*. Il était
éligible, et aurait pu devenir honorable,
comme tant d'autres dignes proprié-
taires qui sont censés représenter le
peuple, et qui ne représentent rien ; car

tout au plus pourraient-ils se représenter eux-mêmes.

Adonc, Saint-Elme était oisif, c'est-à-dire qu'il ne faisait rien : que dis-je, il se levait à midi, volait au tir de Gosset dans un tilbury de Thomas-Baptiste, delà chez Tortoni ; puis au bois galopant un cheval de Crémieux ; il s'habillait, faisait quelques visites, courait les maquignons, selliers, armuriers, femmes, chiens ; daignait entrer dans l'atelier de son *ami intime l'artiste,* pour s'y amuser à faire des moustaches à Socrate et des favoris à la Vénus de Médicis ; barbouillant, sifflant et bavardant modes et arts, chasse et orgies, il atteignait l'heure du dîner. Alors les rendez-vous, les spectacles et les bals, la nuit, et ses fêtes dévergondées, ses orgies silencieuses et lascives ; Frascati, l'écarté ; un sommeil agité comme une vague de gouffre, ou brut comme celui du cyclope. N'était-ce pas une journée bien employée ? ajoutez que Saint-Elme était le dandy de Paris, qui mettait le mieux sa cravate, qu'il faisait *mouche* à chaque coup, et qu'il maniait un cheval presque aussi bien qu'un jockei ! que voulez-vous de plus ?

Il avait minotaurisé deux ou trois maris, s'était battu cinq ou six fois, dépensait par année cent mille livres, et avait toujours des gants de chez Valker !

— C'est une belle et utile chose, qu'un oisif dans une société replâtrée et corrompue comme vieux fumier !

— Fût-il un sot, il est riche, et conséquemment il vaut mieux qu'un prolétaire éloquent, quand bien même, l'estimable oisif, il n'entendrait pas un mot de philosophie écossaise.

Or, il arriva que, ne sachant que

faire de sa gente personne, l'oisif vint
chez l'artiste et lui dit :

— Cher ami, mon landau t'attend :
la matinée est belle! nous irons au bois,
dîner chez Sainville, et entendre Sontag. Je m'ennuie à la mort, tu dois t'en-
nuyer aussi. Viens !

— Mais....

L'artiste céda ; car il savait, par expérience, qu'il ne lui serait guère plus
possible de travailler à son tableau que
de rêver à *elle*, tant que Saint-Elme
serait là, et il lui plaisait d'y être, attendu que, pour le moment, il s'en-
nuyait ailleurs un peu plus.

— On n'alla point entendre made-
moiselle Sontag. — Le champagne et le
clairet avaient jailli au plafond ; la flamme bleutée du punch s'était élancée du
trépied d'or, et avait comme illuminé
magiquement le salon aux longs rideaux
cramoisis. On eût dit d'une de ses lan-

gues de feu qui planèrent sur les têtes des apôtres, et les remplirent de l'esprit saint....

L'orgie continuait....—C'était déjà des cris, des rires fous, des sarcasmes et des verres cassés.—Saint-Elme fumait, buvait, toastait envers et contre tous... La lueur du punch révêtait sa figure d'une teinte vampirique : ses yeux sortaient comme deux charbons ardens de leurs orbites fatiguées, ouverts et fixes, hébétés qu'ils étaient par le vin.

— Ha! ha! messieurs, Delval, il montrait l'artiste, Delval, qui se marie! — Et il a lu la physiologie du mariage! ha! ha! ha!

—Fou!

— Ha! ha!

— Il épouse une jolie femme, au moins!

— Tant mieux!

— Une jeune personne candide, in-

24

nocente et vertueuse comme elles sont
toutes, ajoute un jeune étourdi, dont
la santé était aussi ruinée que la fortune.

— Est-ce qu'il y a des femmes ver-
tueuses, s'écria Saint-Elme, sottises !

Il se fit alors une sorte de tumulte,
composé de longs cris, de grincemens de
verres, de rires aigus et de fredonnemens
joyeux, murmure confus de sons divers, et
qui se heurtaient, se croisaient.—Mais ce
bruit fut pourtant traversé par ces mots
prononcés d'une voix ferme : ce n'est
pas vrai !

— L'artiste les avait adressés à l'oisif,
à cause d'*elle* . . . .

. . . .

C'était par une tiède matinée d'a-
vril, une brise fraîche et embaumée
frémissait sous les tendres bourgeons de
Boulogne, le gazon était diapré de fleurs
hâtives d'un blanc d'argent ou d'une

pâleur d'or.— La violette se trahissait par sa douce senteur, partout les rayons du soleil répandaient la chaleur, l'amour et la vie....

Deux jeunes gens s'arrêtèrent dans une allée écartée, et l'un d'eux, tirant sa montre, dit à son ami pensif, il n'est pas encore dix heures...

Un léger sourire méprisant plissait la mâle figure du jeune artiste ; son front était sombre, et son cœur palpitait ; car c'était là, qu'hier, à cette même heure, il s'était assis près d'Emmeline... son sang allait peut-être mouiller cette herbe gaie et déjà si soyeuse, où la main virginale de sa fiancée avait cueilli ces violettes demi-fanées qu'il pressait contre son cœur. — La mort, il ne la craignait pas.... mais sa vieille mère qu'il exposait à rester seule au monde, en proie à l'indigence ; sa vieille mère qui dans quelques minutes peut-être n'aurait plus de fils !.....

Et cette pauvre Emmeline !

Et ce tableau qui doit l'immortaliser,
ce tableau qu'il laisserait inachevé !...
pour lui, idée affreuse, son nom mour-
rait aussi !... il allait goûter la vie, il
touchait au bonheur, à ce bonheur
acheté par tant de peines, de travaux,
d'études, de veilles et de tourmens; il
y touchait, et peut-être allait-il mourir,
et mourir tout entier, mourir sous le
plomb d'un fat.

Il n'eut pas long-temps à se livrer à
d'aussi amers pensers, Saint-Elme, accompagné d'un autre *beau*, fit son entrée; je dis son entrée, parce qu'il se
présenta comme un acteur sur la scène,
avec toute la politesse et l'aisance con-
fortables; sa mise était exactement pareille à celle du plus joli modèle des-
siné par Gavarni; il y avait certainement employé tout le temps exigé par
les statuts de la vie élégante.

—Pardon, messieurs, de vous avoir

fait attendre, fit-il avec l'insignifiant sourire de la bonne compagnie....

— On marqua les distances ; deux beaux pistolets de Manton, Dieu me pardonne, ils sentaient le musc, furent tirés d'une boîte de sandal, chargés, et gracieusement remis par les témoins aux deux adversaires.

— A vous de tirer, Delval, a dit St.-Elme, en s'effaçant avec une aisance toute nonchalante...

Le mépris contourna les lèvres arides du jeune artiste : il fit feu.

— Balle perdue, dit le témoin de St.-Elme qui contemplait fashionablement la scène, avec son binocle bleu.

L'oisif leva son arme....et l'artiste tomba frappé au cœur, malgré le bouquet de violettes fanées qui le défendait... il ne rebondit pas comme le Valentin Bulmer de Walter-Scott, ne tourna point sur lui-même comme le héros du Vase étrusque de M. Mérimée ; non, il tom ba tout simplement sur le gazon... et les fleurs qu'avait foulées son Emmeline furent teintes de sang...

—Il est mort, dit le chirurgien, espèce de meuble qu'on apporte toujours avec les armes, car il faut être philantrope dans un siècle civilisé.

St.-Elme jeta son pistolet avec violence (il paraît que c'est l'usage maintenant quand on a tué son homme), et voulut s'arracher les cheveux ; mais il craignit sans doute de déranger sa coiffure si artistement édifiée, car il se contenta de presser légèrement son front..... et son *ami* intervenant alors finit par l'entraîner, d'un air tout à fait théâtral, mais non sans avoir préalablement ramassé, essuyé, et remis les riches pistolets dans leur belle boîte.—Fâcheux, grasseya-t-il en remontant dans le tilbury !

Le soir on en parlait chez Tortoni, et le témoin de St.-Elme se plaignait avec humeur , de ce que son ami avait failli briser l'un de ses pistolets , pistolets incomparables, en les jetant si violemment à terre.

C'est une belle chose qu'un oisif !

Six mois après je reçus une lettre ainsi conçue :

« M.le marquis de St.-Elme a l'honneur de vous faire part du mariage de M.Jules de St.-Elme , son neveu , avec Mlle. Emmeline Sénange. »

Un Joueur.

J'AVAIS été élevé avec Léon B......
nous avions eu les mêmes goûts, les
mêmes jeux, presque les mêmes projets. Doué des qualités les plus rares et
les plus précieuses, Léon pouvait pré-
tendre au sort le plus fortuné ; il avait
cet esprit, ces facultés brûlantes, cette
âme que la nature dispense avec tant
d'avarice : il était artiste, et digne de
l'être enfin.

Des affaires de famille m'avaient forcé
de quitter la France. On ne fait guère
ce que l'on veut dans ce monde, où
l'on suit si rarement la douce pente des
affections.... C'est trivial, je le sais, mais
je n'ai pu que céder au sentiment d'a-
mertume qui m'inspire et m'indigne au
moment où j'écris, contre ces calculs
égoïstes, ces convenances ridicules d'un
siècle corrompu au point de puer la ci-
vilisation : convenances qui trop souvent mènent un jeune homme à la ruine
de tous ses rêves de bonheur.

..... J'appris alors que Léon s'était ma-
rié à une jeune personne qu'il aimait
et dont il était adoré, mais qu'il ne rendait pas heureuse. — Mon malheureux
ami s'était livré à la funeste passion du
jeu.... et il avait deux enfans, et il s'était
déjà fait une réputation dans les lettres !
On a beaucoup écrit sur le jeu et les
joueurs, et il est presque devenu impos-

sible de ne pas répéter un peu ce que
d'autres en ont déjà pu dire, il n'importe..... j'avertis que les détails que l'on
va lire sont vrais, nullement *embellis* ou
colorés d'une teinte romanesque, seulement on voudra bien excuser les fautes
du *narrateur*.

— J'avais écrit plusieurs fois à Léon ;
aucune nouvelle, j'écrivis à sa jeune
femme, réponse polie mais insignifian-
te.... Pourtant.— Préventions, imagina-
tions. — Je crus m'appercevoir que le
papier avait été mouillé de larmes.....

— Un ami de mon père avait dit pu-
bliquement à *** que B..... était devenu
un des joueurs les plus effrénés dont il
eut jamais ouï parler .... Il est, ajoutait-
il, un des piliers de ces maisons infâmes
que le gouvernement tolère, afin, probablement, que l'emploi de gardien de
la Morgue ne soit pas une sinécure.....
Philantropie du jour, il faudra pourtant
bien en finir avec toi.....

Je dus aller à Paris.

Le lendemain de mon arrivée, je revenais de St.-Cloud, à pied. — Cette soirée terrible ne s'effacera jamais de ma mémoire. — La plus belle nuit.... j'aime à rêver, moi, à me reporter aux jours de mon enfance..... je pensais à Léon, où le trouver? — Habitait-il encore Paris?

La lune brillait et alors veloutait les eaux vertes de la Seine : on eût dit d'une nappe de soie..... Le chant du rossignol troublait seul ce paisible calme.... Je respirais avec délices le parfum des arbres en fleur, j'étais seul, presque au bord de l'eau.

Tout-à-coup, mon silence est troublé par un bruit de pas brusque et instantané ; un homme paraît, il se dirige vers la rivière..... à ma vue, il s'arrête.... je frémis.... un pressentiment.... je l'examine..... Léon, m'écriai-je!! Je me précipitai et le serrai convulsivement contre mon cœur, mais lui restait froid, immobile : Edouard !... et il pressa son front, de sa main brûlante et fiévreuse... laisse-moi, dit-il d'une voix rauque, et il voulut s'éloigner....

— Malheureux ! qu'allais-tu faire !... Etait-ce ainsi que nous devions nous revoir !... Léon ! !

Un sourire amer fit trembler sa lèvre sèche.... Cependant je vis une larme briller dans son œil étincelant.... Ses forces semblèrent l'abandonner, et il s'assit ou plutôt se laissa tomber à mes pieds : je me plaçai près de lui. Ce fut alors seulement que je vis sa lividité ; il était sans chapeau, débraillé ; son linge était sale, déchiré.... Ses joues cavées, ses cheveux suans et hérissés sur son front, ce beau, ce large front d'artiste, maintenant comme marqué du sceau de la réprobation ! — Il restait sombre, silencieux, à mes côtés, regardant par intervalles l'eau qui coulait, paisible et brillante......

382

— Malheureux, fis-je encore.

— Point de morale et de bannalités, tu vois un joueur.... j'ai tout perdu.... je n'ai plus même de quoi acheter un pistolet.... n'importe ! — Il montrait la rivière.

— Ta femme, tes enfans ?

— Depuis long-temps je les ai accoutumés à souffrir la misère et la faim..... il faut que je meure, ajouta-t-il, d'un ton qui me glaça, il le faut.

Etait-ce bien Léon, l'ami de ma jeunesse ?... J'essayai encore de l'arracher à cette pensée funeste qui, seule, dominait son cœur.

— Trève à tes lieux communs. — Ecoute. — D'autant plus que j'ai quelque temps devant moi, fit-il, avec un désespoir caché sous quelque chose approchant un sourire. — J'ai voulu combattre le penchant qui m'entraînait, je te jure que j'ai fait tout ce qu'un homme peut faire pour arracher de son cœur

une passion affreuse, horrible, qu'il sait
devoir le conduire à la ruine, à la mort,
à une mort souvent ignominieuse : j'ai
succombé. Je savais que je marchais
droit à un précipice, et pourtant j'ai
marché !.... Une fois, une seule, j'ai
voulu *enrayer*, hé bien tu ne peux te
faire une idée des tourmens, des tortures, que j'ai soufferts ! — Oh! la mort
est préférable !.... Te dire que je n'étais
plus capable de rien est, je pense, su-
perflu.... Quand je ne joue pas, continua-t-il en grinçant des dents, je suis
comme cet homme, dont nous avons
lu, je crois, la terrible situation dans je ne
sais plus quel livre d'enfance : je n'espère
plus, je ne pense plus, je ne sens plus....
il faut que je joue *pour être*... il faut que
je joue pour me sentir, et va, crois-moi,
je ne me vais détruire que parce que je
n'ai plus rien, rien au monde, si j'avais
la moindre pièce d'argent, je retourne-
rais la jouer.... Jouer est ma vie, mon

seul bonheur, món seul tourment, ma seule torture !..... et ne pouvant plus jouer, il faut donc que je meure.... Au surplus, c'est la destinée d'un joueur : la mort ou le bagne......

—Je lui offris ma bourse, toutes les consolations que me purent suggérer mon esprit et mon cœur, douloureusement affectés.

— Je jouerais encore.....

— Fuis dans quelque village ignoré.

—J'y jouerais, ou je m'y donnerais la mort..... Dès que je ne joue pas, je ne suis qu'un cadavre.....

Un léger bruit se faisait ouïr.—Il tressaillit, se léva, et s'approchant du bord, écouta plein d'anxiété..... Je le retenais.

— Laisse-moi, dit-il, en me repoussant avec rudesse, tu ne sais pas ce que tu fais en voulant m'empêcher d'aller aux filets de Saint-Cloud!

—Le bruit avait cessé.........

Viens, lui dis-je, m'efforçant encore

l'entraîner, le temps se couvre, il va pleuvoir..rentrons...Demain, plus calme, tu.....

—Demain!!... il m'embrassa... Adieu. Je n'ai pas besoin de te recommander mes enfans... et ma pauvre Marie.....

—Et tu voudrais les priver ainsi d'un père et d'un époux!... mon cher Léon...

—Ma mort leur est plus utile que ma vie...

—Léon!...

Il s'arracha violemment de moi, et hors de lui, s'écria d'une voix déchirante et convulsive : Veux-tu donc me voir *marquer* d'un fer rouge sur la place de Grève... j'ai fait des faux!... et l'on me poursuivait quand je t'ai rencontré.

—Misérable!... quoi, tu as pu!...

—Oui, dit-il, avec un rire amer, j'ai fait des billets faux... pour me procurer un peu d'or que la roulette a dévoré!...

25

Eh bien! conseille-moi donc maintenant de vivre ?.........

— Tu as raison, il te faut mourir... lui répondis-je d'un air sombre, anéanti que j'étais... Adieu, Léon!... adieu!!...

— Ecoute... un dernier service... dans trois jours, rendez-vous à la Morgue, tu y verras mon cadavre sur le lit noir... tu me réclameras, et feras constater ma mort... je le veux... les poursuites cesseront alors, tu me comprends...

— Ne pouvant parler, je fis un signe affirmatif.

— ..... Tu te rappelles, Edouard, la Morgue, nous y avons été la première fois ensemble... et nous y vîmes un homme, un noyé... un joueur peut-être. Allons, embrasse-moi... tu le peux, je vais mourir!

Je le retenais dans mes bras... mais je ne pouvais pleurer.......

— A la Morgue dans trois jours, me cria-t-il!...

—A la Morgue!... et je m'éloignai.....

..... Retiré dans ma chambre, avec quel serrement d'âme j'entendis la pluie battre sur mes vitres, et le vent hurler, se déchirer brusquement contre les angles des toits, et des cheminées mugissantes!—J'avais toujours sous les yeux les eaux vertes de la Seine ballotant un cadavre défiguré.....

Trois jours après je le vis exposé sur le marbre noir de la Morgue.

Le Parricide.

L'HIVER, géant qui semble étouffer
la vie sous ses pieds de glace, et tenir
les ouragans dans sa main puissante, avait
jeté sur la terre son manteau de frimas.
Les plaines ne présentaient à l'œil dé-
solé, qu'un désert sans fin, d'une blancheur effrayante, qui annonçait cet iso-
lement affreux, porteur du désespoir et
de l'accablement.

Un ciel morne, d'une monotonie
funèbre, couvre la terre en deuil de

sa draperie grisâtre. On dirait d'une de
ces steppes immenses qui ne présentent
au voyageur qu'une aridité, qu'un vide
infini, où l'âme, plutôt encore que le
regard, se perd et disparaît....

Quelques arbres que le fer a mutilés,
que la foudre a couverts de vieilles ci-
catrices, dressent seuls leurs cadavres
noircis sur cette plaine glacée : vieil-
lards des forêts, échappés à la faux
de l'homme, ils lèvent vers les cieux
leurs membres dépouillés ; immobiles
spectres, ils semblent n'être là que pour
ajouter encore à l'horreur du tableau...

La nuit descendait lentement ses funèbres voiles sur ces neiges qui se déroulaient en un lointain insipide... Le
vent du nord, par instans, dominait le
silence ; quelquefois le cri du corbeau
et le bruit de la neige s'affaissant sous
les pas pressés des loups, lui répon-
daient, et portés sur des ailes de glace,

ils allaient mourir dans l'oreille du villageois attardé , se hâtant alors de regagner plus vite son toit enfumé , où l'attendent la tourbe et la feuille sèche qui
exhalent une si bienfaisante chaleur.

Tout-à-coup le bruit redoublé de la
neige froissée a fait au loin gémir la
plaine... un homme accourt... s'arrête...
regarde autour de lui... fuit encore... son
œil égaré plonge de tous côtés avec la
mobilité du désespoir... son oreille attentive écoute... ses vêtemens en désordre, sa chevelure dégouttante de sueur,
la pâleur de ses traits bouleversés et rendus convulsifs ; tout , en lui, glace ,
épouvante , attère : on croirait qu'une
superstitieuse horreur environne cet être
d'une atmosphère sépulcrale , et qu'une
ombre invisible le menace d'un glaive,
lui montre quelque chose que l'imagi-
nation ne peut dire , que la plume ne
peut retracer... Chaque fois que la cor-

neille déploie ses ailes prophétiques, et
s'enfuit, troublée, du vieux chêne, il
tressaille et recule, comme s'il éprou-
vait un attouchement électrique... la voix
nocturne de l'animal carnassier, le moindre souffle, portent l'effroi dans son sein
qui pantèle... un peu de neige qui tombe
de la cime des arbres arrête sa course
craintive.

Quel est donc cet homme qui fuit
ainsi au travers de la plaine glacée, et
dont l'aspect funeste réveille l'horreur
et dit le crime! Regardez bien son front
chargé de nuages sombres; qu'y voyez-
vous? un signe mille fois plus terrible
que celui qui surchargeait le chef du
coupable Caïn! un signe que les yeux
n'osent regarder, que le cœur frémit
de comprendre!... pourquoi regarde-t-il
ses mains dont les fibres palpitent avec
tant de force? pourquoi dans la froide
glace les frotte-t-il avec tant de soin

et de désespoir? aucunes traces ne les souillent... c'est le froid sans doute qui les a rendues d'un rouge aussi san-glant?....

Une grêle fine tombe et tourbillonne dans l'espace, mais le malheureux ne s'en aperçoit pas... éperdu... harassé... il est tombé sans force sur la neige épais-sie... il y gît seul... isolé dans une plaine immense, au milieu des frimas!...aucun être vivant n'est auprès de lui, ne le pourra secourir... il est là, seul enfin, perdu dans un infini.... seul! oh! non!!!

... Son sein s'agite comme s'il vou-lait essayer de lever le poids terrible qui l'oppresse de son inexorable plomb!! une agonie mortelle s'est emparé de lui.... il soulève sa tête, et ses regards encore s'efforcent de percer l'obscurité croissante.... il essaie d'écouter, mais bientôt, dans les convulsions d'un délire vengeur, il retombe sur cette terre qui ne le porte plus qu'à regret.... ses yeux, remplis de sang , roulent un feu qui les dessèche , sa figure n'est éclairée que par l'affreux sourire qui erre sur les lèvres du damné, et ses mains raidies s'efforcent en vain d'écarter une vision terrible qui sans cesse l'assaille et parle à ses pensers !... que de tourmens sont accumulés sur cet être réprouvé du ciel et des hommes! Chacune de ses artères est dévorée, chaque portion de son cœur est la proie d'une torture différente....

Mais, ô prodige effrayant! les croassemens du corbeau se sont fait entendre , ils s'unissent aux cris sauvages des oiseaux ravisseurs. L'infortuné lève la tête.... ils planaient déjà sur lui comme sur un cadavre ; une nuée de corneilles avides battaient des ailes , et remplissaient l'air de ses cris enroués ; elles semblaient se réjouir du festin qui leur était promis , et malgré le vent qui s'é-

lançait du nord, le grésil qui tombait
impétueusement, leurs cris devenaient
plus rauques, leurs cercles noirs s'épais-
sissaient de plus en plus, et s'approchant avec lenteur, ils environnaient déjà
celui qui bientôt paraissait devoir leur
servir de nourriture.

Tout-à-coup il a tressailli de toutes
les forces que lui ont laissées la fatigue
et le désespoir.... déjà des aboiemens
prolongés se pouvaient ouïr... l'aquilon
les apporte à son oreille.... ils s'appro-
chent...l'infortuné fait un dernier effort,
il se soulève un instant... soudain un
chien paraît, et se précipite vers lui,
ses lugubres jappemens ont redoublé
de force, et de ses yeux menaçans des
flammes ont jailli...

Il essaie de cacher sa figure, mais
il est retombé sur le sol neigeux... la
vue du fidèle animal le tue ; chacun

de ses longs cris retentit dans son ame ;
une tenaille brûlante presse de ses mâ-
choires acérées , ce qui devait avoir été
son cœur.... Ce chien, c'est celui de son
père....

... Les membres raidis du malheureux n'ont déjà plus la force de s'agi-
ter... un lourd sommeil pèse sur sa pau-
pière allourdie... il ne ressent plus rien ,
que ses remords !.... Chaque fois qu'il
lève un regard, plein du sort terrible
qu'il sait l'attendre, vers ce ciel dont
à jamais il est déshérité , une légère
convulsion signale seule qu'il souffre
encore , et son regard retombe sur la
neige, cette neige qui pour lui sera bientôt une couche funèbre.... il n'entend
plus les cris sauvages des oiseaux impatiens de déchirer ses membres ; il n'entend plus les hurlemens du vieux compagnon de son père , qui tourne et retourne autour de lui.

. . . . . . Un dernier , un douloureux cri s'est échappé de sa poitrine.... un faible écho l'a répété : parricide ! a-t-il dit.... et toutes les voix de l'air ont redit : parricide !!.. Alors la nature a semblé frémir, les oiseaux du carnage ont poussé d'horribles cris ; et l'hyène sinistre , en hurlant d'épouvante , a fait plaindre les tombeaux profanés....

L'hiver déchaîne au loin ses enfans redoutables , et ils ont déjà rempli la plaine d'une horreur nouvelle.... la tempête hivernale a porté partout les ravages et la destruction!.. les vieux chênes crient et tombent avec fracas ; les abris des chaumières volent , s'élèvent , tourbillonnent , et retombent sur la neige amoncelée en fragiles avalanches....

Cependant la nuit jeta enfin sur cette scène terrible un impénétrable voile ; son ombre a enseveli la nature dans un immense linceul, et sous ses ailes incommensurables, tout semble redevenir un effrayant chaos !....

TABLE.

ESQUISSES.

FAUTES A CORRIGER.

———◆———

Page 73, lisez ainsi : Tu peux compter sur ma protection ; — elle est puissante : bientôt vous allez être maître de ce royaume.

Page 88, il faut lire : Celui de traiter l'université avec hauteur, de repousser avec dureté ses plaintes, etc.

Page 114, lisez : Il se mit à jeter des cris affreux.....

Page 116, on doit lire : En poussant des cris, et l'on n'entendit, etc.

Page 120, lisez : Etait-il le plus souvent payé à grand renfort de boulaies ou
d'étrivières, etc.

Page 160, au lieu de : Si l'on allait,
lisez : Si on allait...

Page 169, au lieu de : Le soin courtois de laisser de la chambre ouverte,
lisez : De laisser la chambre ouverte.

Page 171, il faut ponctuer comme il
suit : Non pas demain, je pense... je dois
aller chez la reine... le jour suivant?.....
Ah! je ne puis pas non plus, etc.

Page 178, au lieu de : Toi et le peuple en recueilleront, lisez : En recueil-
lerez.

Page 179, lisez : J'ai trop attendu
pour ne point attendre encore, etc.

Page 180, le père Martin Porée au
lieu de Porrez.

Page 192, au lieu de : Contractait fort, lisez : Contrastait fort.

Page 193, lisez : Que je veux beau cousin, etc.

Page 204, il faut lire : Malheureux enfant.

Page 228, lisez : Solennel.

Page 248, on doit lire : Dit, posant enfin, etc.

Page 259, lisez : Un capuce.

Page 269, vous devez lire : Tu vas donc en jouer ce soir, etc.

Page 279, au lieu de : Les autres dames se préparaient, il faut lire : Se préparant, etc.

Page 293, lisez : Bondit, et disparaît.

Page 306, lisez : Elle paraissait morte, etc.

Page 312, au lieu de : Circasse, lisez : Cirasse.

Page 314, lisez : Et soixante-seize autres aux écussons du prince, etc., etc.

FIN.

DU MÊME AUTEUR

Pour paraître incessamment.

LA GUILLOTINE,

HISTOIRE FANTASTIQUE.

1 VOL. IN-8°.

LE PÉNITENT.

4 VOL. IN-12.

AMIENS, IMP. DE J. BOUDON-CARON.

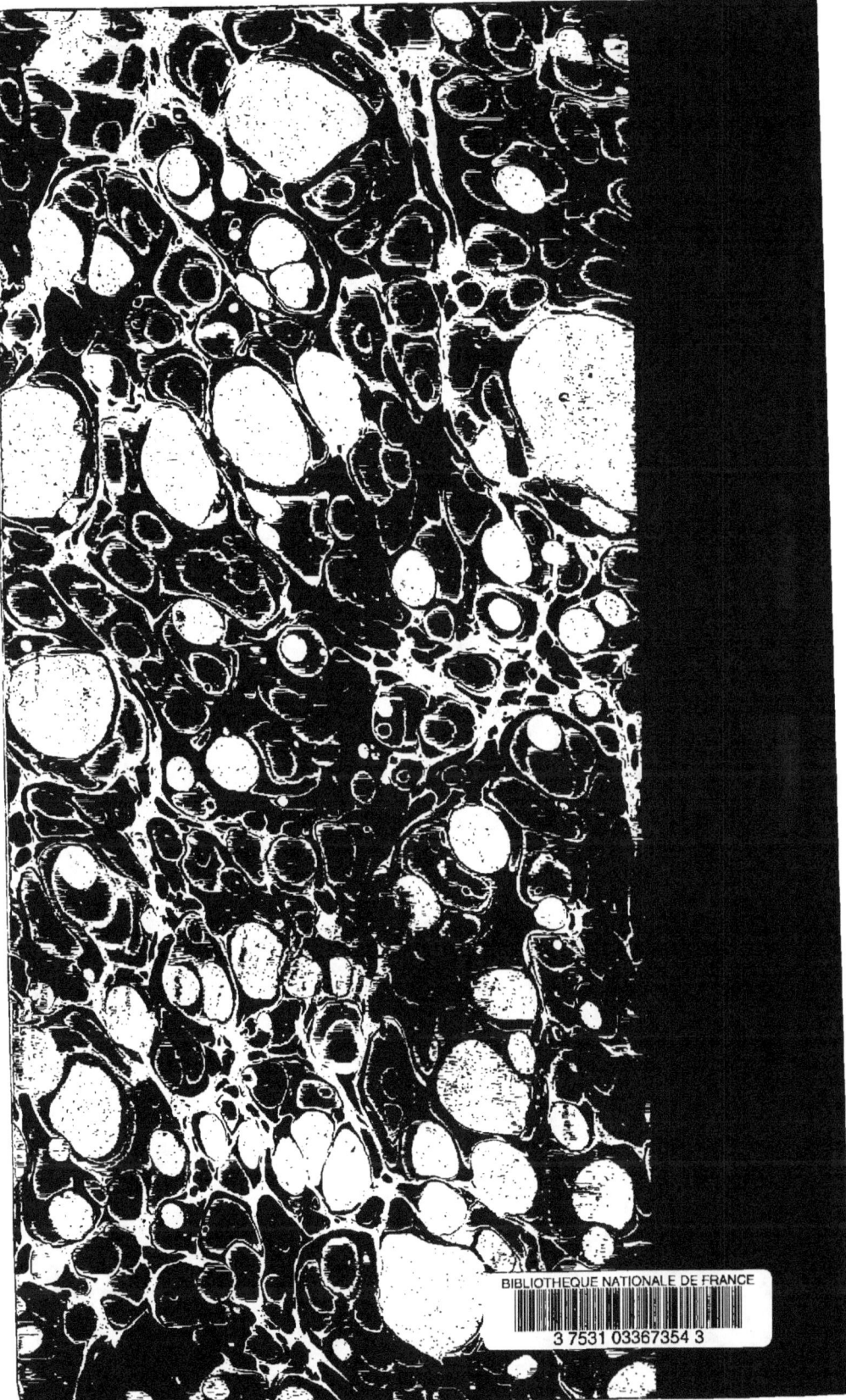

www.ingramcontent.com/pod-product-compliance
Lightning Source LLC
Chambersburg PA
CBHW050746030726
47505CB00002B/418